쉽게 풀어쓴 **철학적 탐구**

통합형 논술 대비를 위한 논술 내비게이션 04

쉽게 풀어쓴 철학적 탐구

양은석 지음

비트겐슈타인의 철학은 크게 전기와 후기로 구분되는데 『논리철학
논고』는 전기 철학을 대표하는 책이고, 『철학적 탐구』는 후기 철학을
대표하는 책이다. 이 책은 『철학적 탐구』나 후기 비트겐슈타인 철학에
관심을 갖고 있는 독자들을 위한 입문서다.

비트겐슈타인은 20세기 분석철학의 가장 중요한 인물이며, 현대 철
학에서 가장 영향력 있는 철학자 가운데 한 사람이다. 실제로 분석철
학 안에서 국내외적으로 가장 많은 연구가들을 지닌 철학자이기도 하
다. 필자의 개인적 판단으로는 현대 철학에서 그의 지위는 근대 철학
에서 칸트가 차지하는 위치 정도에 해당한다.

많은 철학자가 그의 철학을 연구하고 있지만, 비트겐슈타인의 철학
은 여전히 난해한 것으로 알려져 있다. 특히 간결하고 축약된 형태의

그의 독특한 글쓰기는 연구가들 사이에서 여러 해석을 낳는 주요한 원인 가운데 하나다. 이러한 점에 비추어볼 때 아마 일반 독자는 그의 철학을 접근하는 데 훨씬 더 많은 어려움을 느낄 것이다.

이 책은 크게 3부로 되어 있다. 1부는 비트겐슈타인과 『철학적 탐구』를 이해하기 위한 배경적인 설명에 해당한다. 2부는 『철학적 탐구』의 핵심 주제들을 다루는 데, 분석철학뿐만 아니라 논리철학, 심리철학과 관련될 만한 주제들이 함께 다뤄진다. 3부는 2부의 내용에 기초한 철학적인 사고 훈련을 위해 마련된 장이다.

2부는 이 책의 가장 중심이 되는 내용을 담고 있다. 비트겐슈타인과 그의 철학에 일정 정도 배경지식을 갖고 있는 독자들은 중심내용인 2부부터 읽어도 무방하다. 이 책이 비트겐슈타인 철학에 관심 있는 독자들에게 좋은 안내자 역할을 할 수 있기를 바란다.

이 책의 집필과 관련해 특별히 몇몇 선생님들께 감사의 말씀을 전한다. 필자가 지금까지 비트겐슈타인을 공부하는 데 박동환, 박영식, 이승종 선생님께 힘입은 바 크다. 김보현 선생님은 이 책을 집필할 수 있도록 격려해주셨다. 그동안 함께 해준 다른 여러 선생님들께도 진심으로 감사드린다.

마지막으로 감사하고 싶은 사람은 역시 내 가족들이다. 필자의 고집스러움을 늘 같은 마음으로 너그럽게 지켜봐주신 부모님과 자식된 도리를 묵묵히 대신 해준 누이, 동생 내외에게 감사의 마음을 전한다.

간간히 논문을 쓰긴 했지만 최근 몇 년 동안 비트겐슈타인으로부터 멀어져 있었다. 이번 출판을 계기로 그의 생애를 다시 생각해볼 수 있는 기회를 얻은 것은 나에게 행운이다. 그가 죽기 이틀 전까지 철학에 몰두했다는 사실을 되새기며, 부끄럽지 않을 수 있도록 정진할 것을 다짐해본다.

2006년 7월 30일

양은석

차례

1부. **배경지식**

1. 철학적 탐구는 어떤 책인가

비트겐슈타인의 철학은 크게 전기와 후기 또는 전기, 중기(전환기), 후기로 구분된다. 『논리철학논고』(이하 『논고』)가 그의 전기 철학을 대표하는 책이며, 『철학적 탐구』(이하 『탐구』)는 후기 또는 중기 이후의 철학을 대표하는 저술이다. 일반적으로 그의 전, 후기 철학은 1929년을 기점으로 구분되는데 『탐구』의 '1945년 머리말'에서 밝히고 있듯이 이 책은 1929년 이후 오랜 기간 새롭게 전개, 심화시킨 그의 철학적 사색을 담고 있다.

'1945년 머리말'이라는 말에서 알 수 있듯이 비트겐슈타인은 출판을 염두에 두고서 이 책을 저술했다. 그러나 이 책은 그가 살아 있을 때에는 출판되지 못했다. 그 이유는 일반적으로 다음과 같이 알려져 있다. 비트겐슈타인은 1929년 이후 새롭게 전개한 자신의 사상을 책으로 내기 위해 1938년과 1943년 케임브리지 출판사와 접촉해 출판 승인을 얻었다. 하지만 두 번 모두 자신의 원고가 마음에 들지 않는다는 이유로 비트겐슈타인 스스로 출판을 포기했다.

이 책은 비트겐슈타인이 세상을 떠난 후 그의 두 제자 앤스컴G. E. M. Anscombe과 리이즈R. Rhees가 편집해 1953년에 출판되었다. 1936~1949년에 비트겐슈타인이 출판을 목적으로 쓴 글들로 이루어졌는데, 크게 1부와 2부로 나뉜다. 1부는 비트겐슈타인이 머리말을 쓴 1945년까지의 글들이고, 2부는 그 이후 1946~1949년의 글들이다. 머리말을 쓸 정도로 1945년까지의 글들은 정리, 완결된 형태였기 때문에 1부는 비트겐슈타인이 정리해놓은 대로 편집, 출판될 수 있었다. 그러나 이후 글들은 그렇지 못했고 비트겐슈타인도 어떻게 편집해야 할지를 정해놓지 않아, 2부의 내용은 앤스컴과 리이즈가 재편집해 출판되었다. 이들은 1952년 편집자 서문에서 이러한 점들을 밝혔다.

일반적으로 비트겐슈타인의 전기 언어철학을 '그림 이론picture theory'이라고 부르고, 후기 언어철학을 '쓰임 이론use theory'이라고 부른다. 전자는 사진이나 그림처럼 언어가 세계를 기술하거나 묘사하는 측면을 언어의 의미로 간주한 이론이고, 후자는 언어의 실생활에서 구체적으로 활용되는 사용의 측면을 그 의미로 간주한 이론이다. 앞으로 자세히 설명하겠지만, 두 이론은 패러다임의 전환으로 볼 만한 차이점이 많고 그러한 점이 그동안 많이 강조되었다.

그러나 그의 독특한 글쓰기 방식이나 기본적인 관심 자체가 크게 변한 것이라고는 보기 힘들다. 가령 비트겐슈타인은 '1945년 머리말' 의 첫문장에서 『탐구』의 주제로 "의미, 이해, 명제, 논리의 개념, 수학의 기초, 의식의 상태 등"을 꼽고 있는데 "의미, 명제, 논리, 수학의 토대" 등은 그가 전기부터 일관되게 관심을 기울여온 주제다. 동시에 그러한 주제들에 관한 생각을 "소견들" 즉 "짧은 단락들"로 적어놓았다고 진술하는데, 서론, 본론, 결론이 갖춰진 논문형식의 글쓰기를 거부하고 일기를 쓰듯 써 내려간 이러한 방식은 그가 전기에서부터 해온 글쓰기 방식에 해당한다.

이러한 점들에 비추어볼 때, 『탐구』는 『논고』에서 나타난 그림 이론의 문제점들을 수정, 보완, 발전시킨 이론이라고 볼 수 있다. 그리고 그러한 사실은 비트겐슈타인이 '1945년 머리말' 에서 밝힌 내용을 보면 어느 정도 짐작할 수 있다.

4년 전 나는 내 최초의 저서 『논리철학논고』를 다시 읽고 그 아이디어를 어떤 사람에게 설명할 기회가 있었다. 그때 갑자기 나는 그 옛 생각과 새로운 생각을 함께 출판해야 한다는 생각을 하게 되었다. 즉 나의 새로운 생각은 나의 옛 사고방식을 배경으로 해서 그리고 그것과 대조해서만 올바른 조명을 받을 수 있을 것으로 보였다.

『탐구』에서 비트겐슈타인은 "언어 놀이$^{language-game}$"를 통해 언어가 실제 삶에서 사용되는 쓰임을 강조하는데, 이는 『논고』에서 그가 관심을 기울인 언어와 세계 사이의 관계에 대한 그림 이론적인 설명을 실제 언어 사용에 맞게 수정, 보완한 것에 해당한다.

언어 분석철학에서 전기 비트겐슈타인의 대표 저작인 『논고』가 1920~1930년대 논리 실증주의자들에게 지대한 영향을 미쳤다면, 후기 비트겐슈타인의 대표작 『탐구』는 옥스퍼드를 중심으로 일어난 일상언어 학파에 지대한 영향을 미쳤다. 좀더 정확히 말하면, 이 책이 출간되기 전부터 그의 후기 철학은 영국 철학계에 큰 영향을 미쳤다. 그러나 그 영향은 영미 철학에만 한정된 것은 아니었다.

그의 후기 철학은 독일, 프랑스를 중심으로 하는 대륙 철학에서 데리다 J. Derrida를 중심으로 발전되어온 해체주의 포스트모더니즘류의 철학으로 비쳐지곤 한다. 즉 『논고』를 본질주의로 묘사될 수 있는 모더니즘류의 저술로, 『탐구』를 반 反본질주의를 구호로 모더니즘을 비판하는 포스트모더니즘 계열의 저술로 보는 해석들이 있다.

실제로 『논고』의 전기 철학을 비판하는 『탐구』의 많은 내용에서 보편적이고 이상적인 언어를 비판하는 반본질주의를 지향하는 포스트모더니즘적인 측면들을 발견할 수 있다. 뿐만 아니라 『탐구』를 중심으로 전개된 그의 후기 철학은 로티 R. Rorty처럼 언어 의미이론 성립 자체를 부정하는 급진적인 해석을 낳기도 했고, 프로이트의 심리학과 관련되어 논의되는 등 철학 외적인 분야에까지 영향을 미칠 정도로 다양한 연구가 진행되는 상황이다. 오늘날 이 책이 20세기 철학에 엄청난 영향을 미쳤다는 사실에 대해서는 큰 이견이 없다.

2. 비트겐슈타인은 누구인가

영미의 언어 철학을 대표하는 인물로 널리 알려진 비트겐슈타인^{Ludwig} Josef Johann Wittgenstein 은 영국에서 가르치고 영국 시민으로 죽었다. 그러나 그가 태어나고 유소년기를 보낸 곳은 영국이 아닌 오스트리아다. 비트 겐슈타인은 1889년 4월 26일 오스트리아 비엔나에서 5남 3녀의 막내로 태어났다. 집안은 기독교로 개종한 유대계로 그의 가정은 부유하며 예술에 대한 이해가 깊었다. 아버지는 오스트리아의 부유한 철강 산업가였으며, 어머니는 로마 가톨릭 신자로 음악에 탁월한 감각을 가지고 있었다.

비트겐슈타인 가정은 비엔나 사람들의 음악의 중심지로서 역할을 했다. 대음악가로 널리 알려진 말러^{G. Mahler}와 브람스^{J. Brahms} 같은 이들은 당시 그의 부모에 의해 그들 저택에 정기적으로 초대되어 실내악을 연주했다. 비트겐슈타인 형제들 또한 음악에 뛰어난 재능을 보였다. 그의 맏형 한스는 4세 때부터 작곡을 시작한 것으로 알려져 있으며, 그의 바로 위 형 파울은 유명한 피아노 연주자로 활동했다.

비트겐슈타인은 14세까지 집에서 교육을 받았다. 이후 북오스트리아 린츠에서 3년 동안 교육을 받았다. 어려서부터 공학적 소질을 보였던 그는 린츠의 한 기술고등학교에서 교육을 받았는데 학내에서 두드러진 학생은 아니었던 것으로 알려져 있다. 고등학교 졸업 후 비트겐슈타인은 영국으로 건너가 1908년 맨체스터 대학교에 연구생으로 등록했다. 이후 3년 동안 그곳에 머물면서 항공학 연구에 몰두했다.

맨체스터 대학교에서 비트겐슈타인은 비행기 엔진을 설계했는데 당시 그의 관심은 공학에서 순수 수학으로 바뀌었으며, 이후 수학 기초론이나 수학의 철학적 토대로 바뀌었다. 비트겐슈타인이 가장 먼저 읽은 수학 기초에 관한 저술 러셀의 『수학의 원리』는 그의 관심을 수학 철학으로 바꾸는 데 중요한 역할을 했다. 이를 통해 프레게의 수학 철학을 알게 된 비트겐슈타인은 1911년 여름 독일 예나에 있는 프레게를 방문했다. 프레게는 케임브리지로 가서 러셀 밑에서 공부하라는 조언을 했고, 비트겐슈타인은 그해 가을 러셀을 찾아갔다. 이후 트리니티 칼리지에 입학해 1912~1913년까지 러셀과 함께 케임브리지에서 철학을 공부한 후, 1914년 제1차 세계대전이 터질 때까지 노르웨이의 농장에서 대부분의 시간을 보냈다.

케임브리지에서 머문 기간이 아주 긴 기간은 아니었지만, 철학자로서 비트겐슈타인 자신의 역량을 보여주기에는 충분했던 것으로 보인다. 그 점은 러셀과 무어의 회고에 잘 드러나 있다. 가령 러셀은 비트겐슈타인이 케임브리지에서 첫 학기를 마칠 즈음 자신에게 와서 비행기 조종사가 될지 아니면 철학자가 될지를 상담했을 때 그 판단을 위해 방학 동안 철학적 주제에 관해 써올 것을 요청했고, 다음 학기가 시작할 때 가져온 글의 단 한 문장을 읽은 후 조종사가 되어서는 안 된다고 말했다고 회고했다. 무어의 경우 자신이 비트겐슈타인을 알게 되었을 때, 그가 자신보다 철학적으로 재능이 있을 뿐만 아니라 철학적 탐구 과제와 방법에서도 더 나은 통찰력을 지니고 있었다고 회고했다.

제1차 세계대전이 발발하자 비트겐슈타인은 자원병으로 오스트리아군에 입대했다. 먼저 동부 전선에서 근무했는데, 그곳에서 전투에 나가 용감하게 싸운 행동으로 여러 번 훈장을 받았다. 이후 남부 전선에서 근무했는데, 거기서 1918년 11월 이탈리아군에 포로가 되어 남부 이탈리아 몬테 카지노의 수용소에서 1919년 8월 풀려날 때까지 전쟁포로로 약 9개월을 보냈다.

흥미롭게도 그의 전기 철학을 대표하는 『논고』는 군복무 기간 동안 즉 전쟁에 참여하는 동안 쓰였다. 이 책의 집필은 1918년 8월 비엔나에서 휴가중일 때 완성되었고, 전쟁포로로 있을 동안 복사본이 프레게와 러셀에게 전달되었다. 1921년 이 책의 독일어 원본이 출판되었고, 이듬해 러셀 서문을 달고 독일어 영어 대역본이 영국에서 출판되었다.

『탐구』와 같이 20세기 철학 작품의 고전으로 평가받는 『논고』는 한

나절에 읽을 수 있을 정도로 분량이 적은 책이다. 그러나 그 내용을 제대로 이해하기는 쉽지 않다. 그것은 지나치게 간결하고 축약된 형태로 쓰인 비트겐슈타인 특유의 문체 때문만은 아니다. 그의 책을 좀더 제대로 이해하기 위해서는 사실상 프레게, 러셀에서부터 이어져 내려온 언어 분석철학의 흐름에 대해서 사전적인 이해가 필요하다. 비트겐슈타인의 글에서는 이러한 사전적인 문맥이 독자들이 만족할 만큼 자세히 설명되어 있지 않다.

『논고』에는 언어의 본성과 언어와 세계의 관계에 대한 비트겐슈타인의 생각이 들어 있는데, 이 책은 비트겐슈타인이 살아 있을 때 출판한 유일한 책으로 이후 논리 실증주의 운동에 지대한 영향을 미쳤다.

전쟁이 끝나고 비트겐슈타인이 바로 케임브리지로 돌아간 것은 아니었다. 책이 출판될 당시 비트겐슈타인은 오스트리아 시골 마을에서 교사로 일하고 있었다. 비트겐슈타인은 1919년 빈의 교사 양성 대학에서 교육을 받고 1920년부터 교사로 일했는데 그가 왜 교사가 되었는지는 분명하지 않다. 비교적 분명한 것은 전쟁이 끝난 후 비트겐슈타인은 훨씬 더 종교적인 사람이 되어 있었다는 것과 철학적 문제들이 『논고』에서 기본적으로 해결되었다고 그가 믿었다는 것이다.

전자의 측면과 관련해 전쟁 시기 그는 톨스토이의 복음서에 관한 책에 깊은 감명을 받았으며 그것이 그의 인생관에 큰 영향을 미쳤던 것으로 알려져 있다. 이와 직접적인 관련을 말할 수는 없지만 전쟁에서 돌아온 비트겐슈타인은 아버지의 사망으로 상속받은 엄청난 재산을 그의 형제들에게 모두 나누어주고 수도자처럼 가난하게 지냈다. 후자의 측면은 『논고』의 서문에 비교적 잘 나타나 있다. 그는 저자 서문에서 (철학적) 문제들이 궁극적으로 해결되었다고 보고 있다고 적어놓았다.

1926년 비트겐슈타인은 교사생활을 그만두었다. 교사로서 그는 매 시간의 수업준비를 충실히 하고 정규 수업시간 외에 자기 반 학생들을 가르칠 정도로 매우 성실했다. 그러나 교사로서 그의 생활은 별로 행복하지는 않았던 것으로 보인다. 그는 교사생활 동안 부모들한테 불평을 들어야 했고 동료 교사들한테도 별로 환영받지 못했다. 그는 학생들에게 지적으로 많은 것을 요구했으며, 자신의 엄격한 기준을 만족하지 못할 경우 학생들에게 가혹한 체벌을 하기도 했다. 나중에 그것이 비트겐슈타인이 교사생활을 그만두는 데 직접적인 영향을 끼쳤다. 특히 엥겔만에게 보낸 편지는 교사 시절 그가 여러 번 자살을 생각했음을 보여준다.

교사 시절의 불만족이 케임브리지로의 귀환으로 직접적으로 이어지는 않았다. 교사 시절 『논고』를 처음으로 영어로 번역하는 데 도움을 주었던 램지는 케임브리지 철학계로 비트겐슈타인이 돌아오도록 하기 위해 수차례 그를 방문했었다. 그러나 비트겐슈타인은 교사생활을 그만둔 후 케임브리지로 돌아가지 않고 비엔나 외곽 수도원의 정원사로서 몇 개월 동안 일했다. 또 이후 2년 동안 친구 건축가 엥겔만과 협력해 자신의 누이의 집을 설계하고 건축하는 데 보냈다.

1920년대 초 새로운 논리학과 과학적 세계관을 바탕으로 논리와 경험을 강조한 철학적 운동이 카르납R. Carnap, 슐릭 등을 중심으로 일어났다. 비엔나 학단이라고 불리는 비엔나 대학의 교수들이 주축이 되어 결성된 이 모임에서 『논고』가 경전처럼 읽혔으며, 비트겐슈타인은 1927년 처음으로 그 모임에 참석하게 된다. 그러나 비트겐슈타인이 비엔나 학단의 일원이 될 만큼 그들과 같은 사상을 공유한 것은 아니다. 오히려 1928년 3월 수학적 대상을 인간 정신의 구성물로 보는 새로운 관점을 제시한 브라우어L. E. Brouwer의 수학의 기초에 관한 강연이 그가 철학으로 돌아오도록 자극한 것으로 알려져 있다. 1928년 비트겐슈타인은 케인즈에게 편지를 보내 케임브리지를 방문하겠다는 의사를 전달하고 1929년 케임브리지로 돌아오게 된다.

비트겐슈타인은 케임브리지로 돌아온 후 램지를 지도교수로 해서 당시 이미 철학적 고전으로 평가받던 『논고』를 학위논문으로 제출해 1929년 6월 박사학위를 받았다. 이후 트리니티 칼리지의 연구원이 되어 강의를 시작하게 되었다. 강의는 주로 대학 안에 있던 그의 방에서 이루어졌는데 정해진 강의 안에 따라 필요한 내용을 전달하는 강의방식이 아니라 질문을 던지고 회답에 반응하는 토론식으로 진행되었다.

1930년대 초는 비트겐슈타인이 가장 많은 글을 쓴 시기이기도 하다. 그는 1930년 연구비 신청을 위해 당시 쓴 글을 제출했는데, 이는 비트겐슈타인이 사망한 후 『철학적 소견』이라는 제목으로 출판되었다. 이듬해 쓴 글은 『철학적 문법』이라는 제목으로 출판되었으며,

1933~1934년 사이 강의시간에 학생들에게 받아 적게 한 글은 『청색책·갈색책』으로 출판되었다.

1930년대의 저술들은 이전 『논고』의 저술들과는 다른 생각을 포함했다. 가장 두드러진 점은 『논고』의 특징으로 꼽을 수 있는 논리적인 기초가 되는 논리적 원자에 대한 믿음과 일상언어 안에 숨어 있는 논리 정연한 이상언어를 찾아내는 일을 포기했다는 것이다. 또 다른 특징은 당시 저술(『철학적 소견』, 『철학적 문법』)에 수학 철학에 대한 그의 관심이 잘 드러나 있다는 것이다. 당시 글들에서 비트겐슈타인은 수학적 증명의 본성, 무한과 같은 수학 철학의 주제들에 많은 지면을 할애했다. 앞서 언급한 브라우어의 영향이겠지만, 위 저술에서 비트겐슈타인은 실수 같은 수학에서 다루는 무한을 인간의 구성물로 간주하려는 구성주의적 태도를 보였다.

1936년 트리니티 연구원의 임기가 끝나자, 비트겐슈타인은 노르웨이의 작은 집에서 1년 동안 칩거하면서 새로운 책을 집필하는데 그 책이 바로 『철학적 탐구』이다. 1937년 나치 독일이 오스트리아를 점령하자 비트겐슈타인은 귀향할 의사를 가지고 케임브리지로 돌아왔다. 그리고 1939년 그는 무어의 후임으로 철학 교수직에 임명되었다. 취임하기 전 제2차 세계대전이 발발하자 비트겐슈타인은 전쟁에 기여하기 위해 교수직을 포기하고 영국의 병원과 의약 연구소에서 일했다.

1944년 전쟁이 끝나고 비트겐슈타인은 케임브리지에 복귀했다. 그러나 연구에 전념하기 위해 1947년 교수직을 그만두고 아일랜드 농장에서 은둔 생활을 시작했다. 이후 갤웨이 해변 오두막에서 생활했는데 그의 이웃은 어부들과 바닷새들이었다. 그리고 더블린에서 1949년 봄 『탐구』의 2부를 완성했다.

1949년 비트겐슈타인은 맬컴^{N. Malcolm}의 초청으로 미국의 코넬 대학을 방문했다. 당시 그의 건강은 악화되고 있었는데, 1949년 가을 영국에 돌아온 후 진단 결과 그가 암에 걸린 것으로 판명되었다. 건강의 악화가 그의 철학적인 사색을 멈추게 하지는 못했다. 미국에 체류할 당시 비트겐슈타인은 그곳의 철학자들과 몇 번의 철학적인 토론을 가졌다. 그리고 투병중에서도 죽기 이틀 전까지 그는 철학적인 글쓰기를 중단하지 않았다. 그가 투병중에 쓴 생애의 마지막 저술 가운데 일부는 『확실성에 관하여』라는 제목으로 1969년 출판되었다.

1951년 4월 29일 비트겐슈타인은 멋진 삶을 살았다는 말을 뒤로한 채 케임브리지에 있는 그의 의사의 집에서 사망했다. 그는 자신의 원고에 대한 소유와 처분권을 그의 제자 폰 라이트^{G. H. von Wright}, 앤스콤, 리즈에게 준다는 유언을 남기고 사라졌다. 이후 이 사실을 알게 된 이들에 의해 그가 남긴 원고가 검토되고 정리되어, 유고의 상당 부분이 출판될 수 있게 되었다.

3. 주요 용어와 개념

1.

가족적 유사성

family resemblance

'본질' 개념을 대치하는 비트겐슈타인의 용어다. 전통적 언어관에 따르면 개념으로 불리는 일반명사 가령 '돼지'는 특정한 개체들의 공통적인 성질을 나타낸다. 그러한 공통성질을 본질이라고 불렀는데, 비트겐슈타인은 그러한 용어 사용이 본질이 아닌 유사성에 기인한다고 본다. 가령 장기놀이, 공놀이 등 다양한 형태의 놀이를 '놀이'라고 부르는 것은 가족 구성원처럼 그것들간에 서로 유사성이 있기 때문일 뿐 그것들 모두를 아우르는 공통성질이 있기 때문이 아니라는 것이다. 각 놀이들이 서로 중첩되는 유사관계를 갖고, 그 때문에 우리는 그것들을 놀이라고 부르게 된다는 것이다.

2.
논리 실증주의
logical positivism

비트겐슈타인의 논리적 원자론 혹은 그림 이론은 1920년대 비엔나를 중심으로 시작된 실증주의 운동에 영향을 미쳤다. 비엔나 학단을 중심으로 일어난 논리 실증주의는 과학적 지식과 함께 논리학과 수학의 역할을 높이 평가했다. 참, 거짓의 판단을 의미 기준으로 보고 논리와 경험에 의해 획득되는 지식만이 참된 지식이 될 수 있다고 보았다. 참, 거짓을 판단할 수 없는 형이상학, 미학 등을 인식적으로 무의미한 것으로 보고 지식의 영역에서 제거하려고 했다. 실증주의 입장에서 과학의 명제들에 명확한 의미를 부여할 수 있을 것이라고 생각했으나, 의미 기준을 제시하는 데 많은 문제점이 노출되어 1930년대 이후 그 방향이 수정, 변경되었다.

3.
논리적 원자론
logical atomism

러셀과 비트겐슈타인은 이상언어를 통해 세계를 올바로 기술할 수 있다고 보았다. 이들이 생각한 이상언어는 논리학 시간에 배우는 기호언어로, 이들은 실재의 구조가 그러한 언어의 논리적 구조에 대응한다고 보았다. 특히 이상언어를 구성하는 명제들은 가장 단순한 원자명제로 환원될 수 있다고 즉 가장 단순한 명제들로부터 더 복잡한 명제들이 구성된다고 보았는데 이를 보통 논리적 원자론이라고 부른다. 이들은 원자명제에 대응하는 사실을 원자사실이라고 보았고, 그러한 사실들의 결합에 의해 복합적인 사실이 성립한다고 보았다. 비트겐슈타인은 진리함수론을 바탕으로 『논고』에서 이러한 생각을 밝혔으나, 진리함수론이 적용되지 않는 사실들이 있다는 것을 깨닫고 이후 이러한 입장을 스스로 비판한다.

4.
분석철학
analytic philosophy

20세기 초 독일의 프레게가 시작한 그리고 영국을 중심으로 일어난 철학 사조이다. 현대 영미 철학의 주류를 이루는 이 철학은 철학의 문제를 언어 분석을 통해 해결하려고 했으며, 이에 동조하는 많은 철학자가 흄에 기원을 둔 경험주의 철학을 계승하고 있다. 프레게의 철학에 대한 언어적 전회™ 이후, 러셀, 전기 비트겐슈타인은 기호 논리학의 언어가 대표하는 이상언어의 분석을 철학적 과제로 삼았다. 비트겐슈타인의 일상언어로의 전회 이후 라일, 오스틴 등은 일상언어의 분석을 철학적 과제로 삼았다. 슐릭, 파이글, 카르납 등의 논리 실증주의자들은 철학의 과학화를 시도했고, 이후 콰인$^{W. V. Quine}$, 스트로슨$^{P. F. Strawson}$, 데이빗슨$^{D. Davidson}$, 더밋$^{M. Dummett}$ 등이 논리학, 언어학 등과 관련해 진리에 관한 새로운 의미론적 접근을 시도했다. 이들 모두 논리적, 언어적 문제에 초점을 맞춰 철학을 수행했다.

5.
비엔나 학단 Vienna circle

비엔나 대학교 철학 교수 슐릭을 중심으로 구성된 1920~1930년대에 활동한 논리 실증주의 경향의 철학자, 과학자 모임을 나타낸다. 1929년 8월 공식적인 비엔나 학단의 결성이 선언되었는데 슐릭, 카르납 등이 이 학단의 주요 구성원이다. 이 학단은 러셀, 전기 비트겐슈타인 등의 철학에 영향을 받아 구성되었으며 지금까지의 사변적인 철학을 반대하고 철학을 과학과 같은 객관적인 학문으로 만들고자 노력했다. 이들은 인식적으로 유의미한 진술을 경험과 논리를 통해 참, 거짓을 판단할 수 있는 진술로 한정했다. 그러나 경험적 유의미성의 기준에 해당하는 검증이론을 정확히 제시하지 못한 이론적 문제와, 1936년 슐릭이 암살당하고 오스트리아가 나치 독일에 병합되면서 독일의 탄압에 의해 학단 구성원들이 각자 외국으로 망명하는 사회적 문제 때문에 이 학단은 붕괴되었다.

6.
유아론solipsism

라틴어의 solus(오직)와 ipse(자아)가 합쳐져서 만들어진 말로 나의 의식만이 가장 확실하다고 보는 입장이다. 칸트의 경우 자아 밖의 사물이나 대상의 실재를 확실히 인식할 수 없다고 보았다. 데카르트를 중심으로 한 대륙 관념론과 로크 이후의 영국 경험론 모두에서 이와 유사한 견해를 볼 수 있다.『논고』에서 비트겐슈타인은 언어를 통한 유아론적 태도를 견지했다. 즉 나의 언어의 한계는 나의 세계의 한계이고, 나와 세계는 선험적 주체 안에서 하나라고 하는 유아론적 태도를 보였다.『탐구』에서 비트겐슈타인은 사적 언어 논변을 통해 이러한 유아론적 언어관을 비판한다.

7.

이상언어 ideal language

애매, 모호함 없이 의미를 정확하고 완벽하게 전달할 수 있는 언어를 말한다. 우리의 일상언어는 다의성과 애매성 그리고 의미 범위를 정확히 확정하기 어려운 모호성을 지닌

다. 프레게는 이러한 언어를 대신할 즉 어떤 애매, 모호함 없이 규정된 의미를 정확히 전달할 인공적인 언어(기호언어)를 구상했다. 프레게, 러셀, 전기 비트겐슈타인을 포함한 많은 철학자들은 기호 논리학에서 사용되는 인공적인 언어가 언어와 세계의 본질적 구조를 드러내줄 수 있다고 보았다. 가령 전기 비트겐슈타인은 진리함수적 논리가 언어의 본질적 구조를 보여줄 수 있으며 그것이 세계의 구조에 논리적으로 대응하고 있다고 보았다. 그리고 이상언어를 통해 이러한 논리적 구조를 밝히는 것을 철학의 과제로 삼았다.

8.

일상언어 분석

ordinary language

analysis

언어 표현이 일상언어에서 어떻게 사용되는지를 탐구하는 철학의 방법을 나타낸다. 후기 비트겐슈타인과 그의 언어 철학에 영향을 받은 오스틴, 라일 등의 영국 철학자들이 이방법에 중요한 기여를 했다. 비트겐슈타인은

철학적 문제가 일상언어의 잘못된 사용에서 빚어지고, 그 잘못은 일상언어의 사용에 대한 주의깊은 관찰을 바탕으로 한 언어 사용의 올바른 기술을 통해 해결될 수 있다고 보았다. 그는 특히 일상언어의 쓰임에

대한 올바른 관찰과 서술이 철학이 해야 할 역할이라고 보았다.

9.

일상언어 학파

school of ordinary

language philosophy

영국의 옥스퍼드 대학을 중심으로 1940년대 후반 일어난 학파로 라일과 오스틴이 주도적인 역할을 했다. 일상언어의 실제 사용을 주의깊게 관찰해 기술하는 분석 방법에 관심을 기울였는데, 후기 비트겐슈타인의 일상언어에 대한 관심이 이러한 운동에 지대한 영향을 미쳤다. 대표적인 철학자로 라일, 오스틴, 스트로슨 등을 꼽을 수 있다. 이들은 이상언어의 체계 구축에 반대해, 일상언어의 다양한 표현과 표현의 올바른 의미를 언어 사용의 분석을 통해 분명히 하는 것을 철학적 목표로 삼았다. 논리 실증주의의 언어 분석 방법은 1950년대 이들에 의해 일상언어의 분석으로 대치되었다.

1.

라일

Gilbert Ryle, 1900~1976

영국의 철학자다. 옥스퍼드 대학교 교수로 오스틴과 함께 일상언어 운동에 지도적 역할을 했다. 그의 주요 저서에 해당하는 『마음의 개념』(1949)에서 심신이원론을 '데카르트 신화' 나 '기계 속의 유령의 신화' 로 비판해 많은 반향을 일으켰다. 일상 언어 학파를 주도한 인물로서 여러 저작을 통해 언어의 오용으로 일어나는 혼란을 제거하려고 했다. 『딜레마』(1954)에서는 숙명론과 자유의 지처럼 서로 양립할 수 없는 것으로 보이는 명제들을 분석했다. 그는 이와 관련된 명제에서 생겨난 딜레마가 논리 언어와 사건 언어를 개념적으로 혼동해서 발생한 것으로 보았으며 명제 분석을 통한 딜레마의 해결을 시도했다.

2.

램지

Frank Plumpton Ramsey

1903~1930

영국의 수학자이자 철학자로 케임브리지 대학에서 수학을 배우고 그 대학에서 강사를 지냈다. 수학 기초론 분야에서 러셀, 화이트헤드의 명제함수론의 수정과 타입 이론의 간략화를 주장했고, 비트겐슈타인의 초기 사상에 영향을 받아 위상학 이론을 발전시켰다. 이 분야의 업적은 그의 주요 저서 『수학의 기초와 논리학 논문들』(1931)에 실려 있다. 그외 수리경제학 분야에서도 큰 업적을 남겼으나 아깝게도 27세에 요절했다.

3.

러셀

Bertrand Arthur William

Russell, 1872~1970

영국의 논리학자, 철학자로 수리논리학 분야의 저작뿐만 아니라 반전운동, 핵무장 반대운동과 같은 사회운동으로도 유명하다. 1950년 노벨문학상을 받았다. 논리학자로서 러셀은 프레게의 업적을 계승해 기호 논리학을 화이트헤드와 공동 저술한 『수학원리』(3권, 1910~1913)에서 집대성했다. 그는 수학을 논리의 개념과 연산을 통해 도출했는데, 이러한 입장은 흔히 논리주의라고 불린다. 그외 집합론적인 역설의 발견, 유형이론, 환원 공리 등 기호 논리학 분야에서 다양한 업적을 남겼다. 철학자 러셀은 초기 수학적 대상을 포함한 관념적 존재가 실재한다고 보는 플라톤주의적 입장을 지지했으나 이후 영국의 경험론적인 철학 경향을 보였다. 예를 들면 초창기에는 헤겔 학파의 영향에 있었고, 이후 마이농의 개념실재론과 프레게의 수학적 실재론의 경향을 보였다가, 비트겐슈타인의 문제 제기 이후에는 논리적 원자론에 근거한 경험론적 경향을 보였다.

사회 사상가로서 러셀은 케임브리지 대학 졸업 직후 독일 사회민주주의자들에게서 마르크스주의를 받아들였으나 러시아 방문 후 오히려 이에 대해 비판적 입장이 되었다. 그는 서구적 자유를 바탕으로 한 사회민주주의를 옹호했다. 그외 실천가로서 러셀은 1907년 하원의원으로 입후보해 낙선했고, 1920년대 이후에는 일반대중을 위한 많은 저술과 방송 출연 등으로 유명해졌다. 평화주의자로서 러셀은 1938년 뮌헨 조약에서 독일에게 영토를 양도하기로 한 영국의 정책을 지지했으며, 1950년대에는 핵무장 반대운동을 주도했다.

4.
무어
George Edward Moore
1873~1958

영국의 철학자로 러셀, 비트겐슈타인 등과 함께 케임브리지 학파를 대표한다. 1898~1904년에는 「판단의 본질」(1899), 「관념론 반박」(1903), 『윤리학 원리』(1903) 등의 글을 통해 헤겔, 칸트의 관념론 철학을 비판했으며, 이를 통해 영국 철학에서 관념론 철학의 영향을 축소하는 데 기여했다. 상식과 일상언어적 표현을 옹호했으며, 그의 언어 분석은 이후 일상언어 학파에 영향을 미쳤다. 선善은 직관으로 알 수 있다고 주장해 '윤리적 직관주의자'로 알려져 있다. 특히 『윤리학 원리』에서 제기한 자연주의적 오류 등 때문에 영미 '메타 윤리학'의 선구가 되었다.

5.

슐릭

Friedrich Albert Moritz

Schlick, 1882~1936

독일의 철학자로 논리 실증주의 철학의 대표자이자 비엔나 학단의 지도자다. 젊은 시절에는 칸트의 영향을 받았으나 현대 물리학 연구를 통해 의미의 검증이론에 도달했고 이후 실증주의 철학을 지지했다. 비엔나 학단에 모인 주요 인물로는 카르납, 괴델[K. Gödel], 노이라트[O. Neurath], 프랑크 등을 들 수 있다. 논리 실증주의 운동의 지도자인 그는 정신이상 학생에게 암살당했지만 그후 비엔나 학단의 주요 구성원이던 카르납이 미국 시카고 대학교로 옮겨가, 미국의 실용주의와 논리 실증주의를 융합한 '비엔나-시카고 학파'를 탄생시켰다. 주요 저서로『현대 물리학의 공간과 시간』(1917), 『일반 인식론』(1918), 『윤리학의 문제들』(1930) 등이 있다.

6.

오스틴

John Langshaw Austin

1911~1960

영국의 철학자로 일상언어의 치밀한 분석을 통해 인간 사고를 분석했다. 1952년부터 사망할 때까지 옥스퍼드 대학교 교수로 재직했고, 옥스퍼드를 중심으로 한 일상언어 운동의 영향력 있는 지도자였다. 그는 언어 분석이 철학적 난제에 많은 해답을 줄 것이라고 믿었지만 기호 논리학의 언어가 그러한 역할을 할 수 있을 것이라고 생각하지 않았다. 그는 그러한 언어가 부자연스럽고 일상언어만큼 복잡하고 미묘하지 않다고 보았다. 그의 학술논문과 강의는 그의 사망 후에 『철학 논문』(1961), 『말로 행위하는 방법』(1962) 등으로 출판되었다.

7.
프레게
Friedrich Ludwig Gottlob
Frege, 1848~1925

독일의 논리학자, 수학자, 철학자다. 그는 논리를 기호로 공리 체계화해 현대 기호 논리학의 길을 연 기호 논리학의 선구자이며, 수학을 논리의 개념과 연산을 통해 도출하고자 한 논리주의의 선구자이기도 하다. 그의 논리주의 체계에 모순이 있다는 것을 러셀이 발견한 후 그의 논리주의는 실패로 돌아가는 듯 보였으나 최근 신*논리주의 운동을 통해 그의 논리주의 정신이 계승되고 있다.

그는 인식론 중심의 근대 철학에 반기를 든 현대 언어 분석철학의 선구자이기도 하다. 그는 개념에 대한 전통적인 내포와 외연의 구별을 받아들여 의미와 지시체를 구분했으며, 그것을 명제로까지 확장해 명제의 내포를 의미로, 외연을 진리치(참, 거짓)로 보았다. 의미와 지시체, 개념과 대상 등의 구분을 통해 분석철학에 기여했으며, 러셀의 유형이론에 준하는 언어의 계층 구분을 시도했다. 낯선 기호 표기로 크게 주목받지 못했으나, 러셀이 그 가치를 발견한 이후 현대 논리학에 지대한 영향을 미쳤다. 수학 기초론 분야의 주요 저서로 『산술의 기초』(1884), 『산술의 원리』(1893~1903) 등이 있다.

8.

힐베르트

David Hilbert, 1862~1943

독일의 논리학자, 수학자이다. 기하학을 공리들로 환원했으며 이후 수학의 형식주의 기초를 세우는 데 공헌했다. 그의 업적은 수학의 거의 전 부분에 미친다. 대표적 업적으로 대수적 정수론 연구, 기하학 기초 확립, 적분방정식 연구, 힐베르트 공간 창시, 형식주의 수학 기초론 전개 등을 들 수 있다. 그는 1900년 파리에서 열린 국제수학자대회에서 23가지 연구 과제를 발표해 명성을 얻었다. 이후 그 문제들의 대부분이 풀렸으나 정수론 분야의 리만 가설은 현재 수학에서 가장 중요한 풀리지 않는 문제로 여겨진다. 힐베르트는 프레게와 달리 일관성(무모순성)에 근거해 수학에 확고한 기반을 다지고자 한 형식주의의 선구자이다. 그는 수학에서의 공리주의의 방향을 자리잡게 한 공리주의 수학기초론의 선구자이기도 하다. 이와 관련된 주요 저서로 『기하학의 기초』(1899)를 꼽을 수 있다.

2부. 철학적 탐구

1.

주제 구분

비트겐슈타인 자신의 다른 글과 마찬가지로 그는 『탐구』를 차례 없이 2부로 나누어 1부에서는 1번부터 693번까지 번호를 붙이고, 2부에서는 14장으로 저술했다. 동시에 그의 독특한 글쓰기 때문에 『탐구』의 주제를 정확히 구분해 분류하는 것은 쉽지 않다. 여기에서는 독자들의 이해를 돕기 위해 핼릿$^{G. Hallet}$의 『비트겐슈타인의 철학적 탐구 주석서』와 해커$^{P. M. S. Hacker}$와 베이커$^{G. P. Baker}$ 4권짜리 주석서에 제시된 주제 구분을 간단히 소개한 후, 『탐구』에 나오는 주요 주제를 다룰 것이다.

핼릿은 『탐구』의 논의를 번호순에 따라 다음 41개의 주제로 구분한다.

헤커와 베이커의 경우에는 다음으로 구분한다.

이 책에서는 이러한 다양한 주제 가운데 10가지를 선택해 다룰 것
이다.

2.

대학교 교양 수준의 초보적인 논리학에서 배우는 진리표는 비트겐슈타인과 포스트가 각각 독립적으로 창안한 것이다. 『논고』에서 비트겐슈타인은 언어와 세계가 공통적인 논리적 형식을 갖고 있으며, 그것이 진리표를 통해 드러날 수 있다고 보았다.

예를 들면 "영희는 학생이다"와 "영희는 철수의 여자친구이다"는 두 문장을 '그리고'로 연결한 "영희는 학생이고 철수의 여자친구이다"를 생각해보자. 이 문장은 '그리고'로 연결되어 있기 때문에 두 문장이 모두 참인 경우, 즉 영희라는 사람이 현재 학생이면서 철수의 여자친구인 경우 전체 문장 "영희는 학생이고 철수의 여자친구이다"는 참이 된다. 그러나 그렇지 않은 경우, 예를 들어 영희가 학교를 졸업하고 현재 직장인이고 철수를 남자친구로 둔 경우 (즉 앞선 문장 "영희는 학생이다"가 거짓이고 "영희는 철수의 여자친구이다"가 참인 경우) "영희는 학생이면서 철수의 여자친구"라는 말을 할 수 없기 때문에 전체 문장 "영희는 학생이고 철수의 여자 친구이다"는 거짓이 된다. 마찬가지로 영희가 학생이지만 철수가 아닌 영수를 남자친구를 둔 경우(즉 "영희는 학생이다"가 참이고 "영희는 철수의 여자친구이다"가 거짓인 경우) 그리고 영희가 직장인이면서 철수가 아닌 영수를 남자친구로 둔 경우(즉 "영희는 학생이다"와 "영희는 철수의 여자친구이다"가 모두 거짓인 경우) 모두 전체 문장은 거짓이 된다.

이제 "참"을 T로 "거짓"을 F로 '그리고'를 ∧로 표현해보자. 임의의 두 문장을 A, B라고 할 경우, A, B 문장에 관한 '그리고'의 진리값은 아래 표 (T1)과 같다.

(T1)

A	B	A∧B
T	T	T
T	F	F
F	T	F
F	F	F

영희의 예에서 알 수 있듯이 '그리고'의 진리표 (T1)의 특성은 언어와 세계 즉 문장들과 사실들에 공통적으로 적용될 수 있다. 이 점에 착안해 『논고』에서 비트겐슈타인은 '그리고'의 이러한 진리표적 특성이 언어와 세계가 공유하는 논리의 보편적 특성을 보여준다고 생각했다.

그러나 1929년 비트겐슈타인은 '그리고'의 이러한 특성이 잘 적용되지 않는 경우를 발견한다. 그것은 오늘날 "배타적인 연언exclusive and"이라고 부르는 "영희는 2006년 10월 10일 오후 4시 서울과 부산에 있다"와 같은 경우이다. 이 문장은 "영희는 2006년 10월 10일 오후 4시 서울에 있다"와 "영희는 2006년 10월 10일 오후 4시 부산에 있다"라는 문장을 '그리고'로 연결한 경우인데 (T1)의 진리표에 따르면 각각의 문장이 참인 경우 전체 문장은 참이 된다.

2006년 10월 10일 오후 4시에 영희가 서울에 있거나 부산에 있을 수 있기 때문에 두 문장을 따로따로 고려할 경우 각 문장은 참이 될 수 있다. 문제는 두 문장이 상호 양립할 수 없다는 데 있다. 즉 영희가 2006년 10월 10일 오후 4시에 서울에 있다면, 영희는 그 시간에 부산에 있을 수는 없고 그 반대도 마찬가지다. 따라서 '그리고'로 연결된 전체 문장 "영희는 2006년 10월 10일 오후 4시 서울과 부산에 있다"를 구성하는 두 문장 "영희는 2006년 10월 10일 오후 4시 서울에 있다"와 "영희는 2006년 10월 10일 오후 4시 부산에 있다"가 동시에 참이 될 수 없다. 즉 아래 표 (T2)와 같이 (T1) 진리표의 첫째 열이 성립하지 않는다.

(T2)

A	B	A∧B
T	T	T(X)
T	F	F
F	T	F
F	F	F

비트겐슈타인은 색깔들 사이의 배타적인 경우, 예컨대 "이 분필은 희고 빨간 색이다"와 같은 경우를 통해 배타적인 연언의 경우에 자신

의 진리표가 적용될 수 없다는 것을 깨닫는다. 즉 우리가 통상적으로 사용하는 분필의 경우 어떤 하나의 분필이 하얀 색이면서 동시에 빨간 색일 수 없기 때문에 각각의 사실을 나타내는 문장 "이 분필은 흰색이다"와 "이 분필은 빨간 색이다"는 이 분필이 같은 대상을 가리키는 한 동시에 참이 될 수 없다.

1929년 「논리적 형식에 관한 소견」에서 비트겐슈타인은 이러한 생각을 분명히 하면서 『논고』시절 색깔 배제 현상과 관련해 품었던 몇 가지 중요한 생각을 포기한다.

우선 『논고』시절 그는 더 이상 분석될 수 없는 가장 단순한 명제(요소명제)들로부터 복합명제들이 만들어지고 그러한 명제들의 총체가 언어라고 생각했다. 당시 그는 색깔을 배제하는 명제들이 요소명제가 될 수 있을 것이라고 생각했으나, 1929년의 논의를 계기로 이러한 생각을 포기한다. 모든 물체가 원자의 합성으로 간주될 수 있는 것처럼 모든 명제가 요소명제로부터 구성될 수 있다는 생각을 우리는 흔히 논리적 원자론이라고 부르는데*, 이후 비트겐슈타인은 논리적 원자론에 관

* 예를 들어 "영희는 하얀 면티를 입고 있다"와 "영희는 청바지를 입고 있다"를 '그리고'로 연결해 우리는 "영희는 하얀 면티와 청바지를 입고 있다"는 합성명제를 만들어낼 수 있고 거꾸로 "영희는 하얀 면티와 청바지를 입고 있다"는 명제는 위의 두 명제로 분석될 수 있다. 이러한 생각에 바탕을 두고 비트겐슈타인은 가장 단순한 명제들에서 좀더 복잡한 명제들이 구성될 수 있다고 보았는데, 모든 명제의 진리값이 요소명제의 진리값으로 결정될 수 있다는 진리표의 아이디어는 이러한 생각에 바탕을 두고 있다. (T1)의 진리표에서 볼 수 있듯이 진리표를 통해 우리는 가장 간단한 문장들에 참, 거짓의 값을 부여한 후, '그리고', '또는', '만약 … 라면', '아니다'는 연결사를 갖는 복합문장들에 어떻게 진리값을 부여하는지를 배운다. 따라서 "영희는 하얀 면티와 청바지를 입고 있다"는 문장의 진리값은 "영희는 하얀 면티를 입고 있다"와 "영희는 청바지를 입고 있다"의 진리값과 그것을 연결하는 '그리고'의 진리값에 의해 결정된다. ((T1)참조)

한 생각을 스스로 비판한다.

이것과 관련해 세계에 대응하는 일의적인 보편 언어(이상언어)가 있다는 생각을 포기한다. 이는 이후 보편 언어나 본질 언어에 대한 비판 형태로 나타난다. 비트겐슈타인은 보편 언어에 대한 생각을 『청·갈색 책』에서 '일반성에 대한 열망'으로 표현한다. 그는 한편으로 가족 유사성을 통해 언어 본질주의를 비판하고, 다른 한편으로 자연언어의 쓰임을 올바로 조망하는 것을 철학의 과제로 삼는다.

또한 언어와 세계의 논리적 특성을 반영하는 단 하나의 보편적인 논리학이 있다는 생각을 포기한다. 대신 그는 그러한 논리 체계가 여럿이 있을 수 있다는 사실을 받아들인다. 가령 영희의 사례 경우 진리표 (T1)을 사용하는 논리가 적용될 수 있고, 색깔의 사례 경우에는 진리표 (T2)를 사용하는 논리가 적용될 수 있다. 즉 (T1)은 배타적이지 않은 포섭적인 연언 관계에 적용되는 논리이고, (T2)는 배타적인 연언 관계에 적용되는 논리인 것이다.

이러한 점을 강조하기 위해 비트겐슈타인은 새로 명제 체계라는 말을 사용한다. 위의 영희와 분필의 예에서 알 수 있듯이 특정 사실에 적용될 수 있는 하나의 논리 체계가 하나의 명제 체계이다. 비트겐슈타인은 그의 중기나 전환기 철학에서 전기 철학에서 주장하는(언어와 세계가 공유하는) 논리적 형식이라는 말 대신 명제 체계(들)이라는 말을 빈번하게 사용한다. 이후 비트겐슈타인은 명제 체계 대신 언어 놀이라는 말을 사용하는데, 언어 놀이는 『탐구』에서 다루는 가장 중요한 주제 가운데 하나다.

우리가 일상에서 사용하는 언어는 진술된 의미의 다의성, 다루는 대상의 복잡성, 시간에 따른 의미 변화 등으로 애매하고 모호할 수밖에 없다. 이와 대비적으로 우리는 애매, 모호함이 없는 완전한 언어를 상상할 수 있다. 예를 들어 하나의 언어에서 다양한 언어가 어떻게 생겨났는지를 설명하는 성서의 '바벨탑 이야기'는 역으로 우리가 그러한 보편적인 언어를 소망하고 있다는 사실을 잘 반영한 이야기로 볼 수 있다. 실제로 에스페란토어는 그러한 공통 언어를 실현해보려고 구상되었던 것이다.

애매성과 모호성을 수반하는 언어와 그러한 점이 없는 완전한 언어에 대한 구분은 사실 오래전 고대의 희랍 철학 시절부터 있었다. 아리스토텔레스는 언어를 우리가 일상에서 사용하는 억견^{doxa}과 (우리 마음속) 영혼이 사용하는 로고스^{logos}로 구분한다. 전자는 애매성과 모호성을 갖는 일상의 언어인 반면 후자는 의미를 정확하고 분명하고 일의적으로 전달할 수 있는 이상적인 언어다. 이러한 구분은 현대 논리학의 창시자인 프레게에게서도 나타난다. 그는 애매성과 모호성을 갖는 일상의 언어를 대신할 수 있는 완전한 언어를 위해 인공언어를 제시했다. 우리가 논리학 시간에 배우는 기호화된 언어들은 그러한 목적을 실현하기 위해 구상되었던 것이다.

프레게, 러셀의 영향을 받았던 전기 비트겐슈타인 또한 언어를 완벽한 언어와 그렇지 않은 언어로 구분한다. 즉『논고』에서 비트겐슈타인은 인공언어가 우리가 일상에서 사용하는 애매, 모호한 자연언어를 대신할 수 있다고 보았다. 우리가 일상에서 사용하는 "사과"라는 말은 특정한 과일과 상대방에게 잘못을 비는 서로 다른 의미를 갖고, 역으로 "총각"과 "결혼하지 않은 남자"는 표현은 다르지만 같은 의미를 갖는다. 이처럼 그는 일상에서 사용하는 한 단어가 상이한 의미를 가질 수 있고, 그 역도 성립할 수 있다고 보았다. 그리고 인공언어를 통해 그러한 문제점이 극복될 수 있다고 보았다.

이러한 잘못을 피하기 위해 우리는 그것을 배제할 수 있는 기호 체계 symbolism를 도입해야 한다. (…) 즉 논리적 구문의 논리적 문법을 따르는 기호 체계를. (프레게와 러셀의 인공언어는 그러한 언어다. 하지만 그들 언어는 아직 모든 잘못을 배제하지는 못했다.)(『논고』 3.325)

『탐구』에서 볼 수 있는 (정확히 말하면 그의 중기 철학을 대표하는 『청·갈색책』 이후의 저술에서 볼 수 있는) 가장 뚜렷한 특징 가운데 하나는 이상언어에 대한 신념을 신화적인 것으로 본다는 점이다. 앞에서 언급했듯이 『청·갈색책』에서 비트겐슈타인은 그러한 태도를 우리의 "일반성에 대한 열망"과 "특수한 경우에 대한 경멸적인 태도"로 묘사한다. 반면 "일상언어가 그 자체로 좋은 것"일 수 있다는 생각을 새로

피력한다.

철학에서 우리는 이상언어를 일상언어와 반대되는 것으로 생각한다고 말하는 것은 잘못이다. 왜냐하면 이것은 우리가 일상언어를 개선할 수 있다고 생각하는 것처럼 보이도록 하기 때문이다. 그러나 일상언어는 그 자체로 충분히 좋은 것이다.(『청·갈색책』, 28쪽)

그러나 '일상언어로 충분히 좋다'고 하는 것이 일상언어가 이상언어처럼 애매성이 전혀 없는 정확한 의미를 완벽하게 전달하는 그러한 언어일 수 있다고 주장하는 것이라고 오해하지 말아야 한다. 역으로 일상언어의 애매성을 우리의 일상에서 벌어지는 자연스러운 것으로 받아들이라고 주장한 것이라고 보는 것이 적절하다. 현실적으로 일상언어에서 애매, 모호성을 완전히 제거할 수도 없을 뿐만 아니라 사실 어느 정도 애매성이 있다는 것이 의사소통을 하는 데 크게 문제되지 않는다.

예를 들어 "4시에 도서관 앞에서 보자"는 약속을 했다고 가정해보자. 일반적으로 우리는 '4시에'라는 말을 영국의 그리니치 천문대에서 계산한 정확한 4시라고 생각하지 않는다. 이것은 "4시 경(혹은 4시 쯤) 도서관에서 앞에서 보자"는 진술이라고 보는 것이 훨씬 자연스럽다. 여기에서 '4시 경'이나 '도서관 앞'이라는 진술은 모호한 표현이다. 왜냐하면 정확한 시간과 (도서관 출입문 앞 10센티미터 지점과 같은) 정확한 위치나 공간을 말하지 않았기 때문이다.

그런데도 중요한 것은 위 진술이 일상적인 언어 사용에서 크게 문제되지 않는다는 것이다. 실제로 현실에서 이루어지는 일상적인 언어 사용은 사실 위와 같은 형태를 띤다. 그런 점에서 위 진술은 우리의 일상적인 언어 사용을 잘 대변한다고 할 수 있다. 비트겐슈타인은 『논고』에서 볼 수 없었던 이러한 측면을 강조한다.

> 만약 내가 어떤 사람에게 "대충 여기 서 계세요"라고 말한다면, 이 설명은 온전히 제 역할을 할 수 없는가? 그리고 각각의 다른 설명 역시 실패할 수 있지 않은가?
>
> 그러나 그것이 부정확한 설명이라는 것은 분명하지 않은가? 그렇다. 왜 그것을 우리가 "부정확하다"고 부르지 말아야 하겠는가. 하지만 "부정확하다"로 의미하는 것이 무엇인지는 이해하도록 하자. 왜냐하면 그것은 "사용할 수 없다"는 것을 의미하지 않기 때문이다.(『탐구』, 88번)

4.
논리적 원자론 비판

『논고』 시절 비트겐슈타인은 복합명제들은 가장 단순한 요소명제로 분석될 수 있고, 요소명제는 가장 단순한 원자적 사실에 대응한다고 보았다. 가령 "지금 이곳은 빨갛다"와 같이 단순한 명제는 특수한 시, 공간상에서 빨간색을 띤 부분을 가리키는 단순한 사실에 대응할 수 있다고 보았다.

당시 비트겐슈타인은 일의적 의미를 지닌 이상언어를 가정함으로써, 명제와 사실에 관한 한 절대적 의미의 "단순성"과 "복합성"을 말할 수 있었다. 즉 요소명제나 원자 사실이 "단순하다"는 것은 비교 대상이나 상황에 따라 달라지는 그러한 의미에서가 아니라 절대적인 의미에서 '단순'한 것을 의미했다. 『탐구』에서 비트겐슈타인은 "단순성"과 "복합성"이 일상언어에서 다양하게 사용될 수 있다는, 즉 사용되는 문맥에 따라 하나의 것이 단순할 수도 복합적인 수도 있다는 점을 빌어 절대적 의미의 단순성과 복합성에 대한 생각을 비판한다.

예를 들어 내가 지금 글씨를 쓰고 있는 이 연필이나 그것을 가리키는 단어 "(이) 연필"을 고려해보자. 만약 내가 갖고 있는 문구류가 어떤 것들인지 설명하기 위해서라면, (볼펜, 샤프, 지우개 등과 같이) 연필은 나의 문구류를 구성하는 단순한 것이 될 것이다. 그러나 만약 이 연필이 검은색 흑연과 나무, 상표, 지우개 등의 다양한 요소로 이루어졌다는 것을 설명하기 위해서였다면, 그것은 복합적인 것이 될 것이다.

특정한 음료수를 먹은 사실을 나타내는 "영희는 커피를 마셨다"는 진술도 마찬가지다. 만약 영희가 오늘 한 일들을 설명하기 위해서라면, 위 진술은 오늘 한 일을 구성하는 하나의 사실을 나타내는 단순명제에 해당할 것이다. 그러나 사실을 정확히 묘사하기 위해서라면, 위 진술은 "안경을 끼고 키와 몸무게가 얼마이고, 생김새가 어떠어떠한 사람이 종이컵에 (…)을 먹었다"에 해당하는 복합적인 사실을 나타내는 복합명제가 될 것이다. 혹 대상과 대상들 사이의 관계를 설명하기 위해서였다면, 위 진술은 두 대상(영희와 커피) 사이의 이항관계(마신다)를 표현하는 복합적인 것이 될 것이다.

비트겐슈타인은 서양 장기판(체스판)의 예를 들어 이러한 생각을 잘 나타낸다.

그러나 예를 들어 서양 장기판은 명백히 그리고 절대적으로 복합적이지 않은가? 아마도 당신은 32개의 흰 사각형과 32개의 검은 사각형으로 이루어진 복합체를 생각할 것이다. 하지만 우리는 가령 그것이 흰색과 검은색 그리고 4각 도식으로 이루어졌다고도 말할 수 있지 않을까? 그리고 그것을 바라보는 매우 다른 방식이 존재한다면, 당신은 여전히 서양 장기판이 절대적으로 복합적이라고 말하겠는가? (…) 엄청나게 많은 다른 그리고 상이하게 관련된 방식으로 우리는 "복합적"이라는 말 (따라서 "단순한"이라는 말)을 사용한다. (서양 장기판 위의 한 사각형 색깔은 단순한가, 아니면 그것은 순수한 흰색과 노란색으로 이루어져 있는가? 2센티미터의 길이는 단순한가, 아니면 그것은 각각 1센티미터 길이의 두 부분으로 이루어져 있는가? 그러나 3센티미터의 길이와 반대 방향에서 측정된 1센티미터의 길이로 이루어졌다고 해서는 왜 안 되겠는가?)

"이 나무의 시각 이미지가 복합적인가, 그렇다면 그것의 구성 성분은 무엇인가?"라는 철학적 질문에 대한 올바른 대답은 "그것이 '복합적'이라는 것에 의해 당신이 이해하고 있는 것에 달려 있다"이다.(『탐구』,

47번)

논리적 원자론에 대한 문제 제기는 (앞에서 어느 정도 논의된) "정확성"에 대한 문제 제기이기도 하다. 『논고』시절 비트겐슈타인은 일의적 의미를 지닌 언어를 통해 세계의 사실들을 정확히 묘사할 수 있다고 보았다. 요소명제로 분석을 시도하는 것은 애매성이 없는 그래서 잘못된 해석의 가능성에서 벗어날 수 있는 것을 추구하는 것이기도 하다. 왜냐하면 완벽하게 정확한 의미를 전달할 수 있는 그러한 명제로부터 다른 명제들을 구성한다면 구성된 명제들 또한 정확한 의미를 전달할 수 있을 것이기 때문이다. 이러한 문맥에서 볼 때, 복합명제를 요소명제로 분석하는 것은 완벽하게 정확한 것을 찾아가는 과정이기도 하다. 『탐구』에서 비트겐슈타인은 이러한 생각을 가질 수 있다는 점은 인정한다.

그러나 그러한 생각이 옳다고는 보지 않는다. 왜냐하면 그것은 우리의 일상언어의 사용에 맞지 않기 때문이다. 비트겐슈타인은 우리가 수정처럼 맑고 투명하며 순수하고 선명하게 의미를 전달할 수 있는 이상적인 것에 대한 신념을 갖고 있지만 그것이 잘못된 것이라는 점을 '안경의 비유'를 통해 설명한다. "이상적인 것에 대한 확고부동한 신념"은 세계를 보는 우리 코 위에 놓인 "안경과 같은 것"이다. "우리는 그것을 벗어버리려는 생각에 좀처럼 미치지 못한다." 하지만 안경을 벗게 될 경우, 우리의 실제 언어가 그러한 요구를 만족시키지 않은 것을 알게 된다.

> 우리가 실제 언어를 좀더 자세히 조사하면 할수록, 실제 언어와 우리
> 의 요구 사이의 갈등이 점점 더 첨예하게 된다.(『탐구』, 103번)

실재로 "정확성"이라는 개념은 "단순성(복합성)"만큼이나 단어가
사용되는 문맥에 의존할 수밖에 없다. 예를 들어 한 식료품 가게가
"2006년 10월 10일 휴업합니다"란 광고를 내걸고 다음날 문을 열었다
면 그는 시간을 정확히 지켰다고 할 수 있다. 위와 같은 경우 그가 다음
날이 시작되는 정확한 시간(10월 11일 0시 0분이나 0시 1분)에 문을 열
었는지는 사실 별로 중요하지 않다. 그러나 단거리 100미터 경주와 같
은 데서라면 상황이 달라진다. 이 경우 선수들이 결승선을 통과한 것
보다 1초 늦게 100미터 기록을 측정했다면 그는 시간을 부정확하게 측
정한 것이다. 일상언어에서 사용되는 "정확성"은 일의적인 의미를 전
달하는 요소명제로 환원한다고 해서 설명되는 것이 아니다.

마찬가지로 비트겐슈타인은 완벽하고 최종적인 목적에 도달하는
"분석"에 대한 생각을 비판한다. 예를 들어 "빗자루가 구석에 있다"는
진술을 생각해보자. 『논고』에 따르면 이 진술은 "자루가 구석에 있고
솔이 구석에 있고 자루가 솔에 붙어 있다"와 같은 자루와 솔의 위치와
관계에 관한 복합명제로 간주될 수 있을 것이다. 그러나 누군가가 "빗
자루가 구석에 있다"로 복합명제를 의미했는지를 묻는다면, 아마도 우

리는 아니라고 대답할 것이다. 위 진술은 대개는 청소를 하기 위해 빗자루를 찾는 경우에 사용된다. 우리는 그러한 복합명제에 대해 생각하지 않는다. 즉 우리는 일상언어에서 "빗자루가 구석에 있다"는 진술을 '자루가 구석에 있다' '솔이 구석에 있다' '자루가 솔에 붙어 있다'로 더 분석될 복합명제로 생각하지 않는다.

비트겐슈타인은 이러한 '빗자루 비유'(『탐구』, 60번)를 통해 『논고』에서 생각하던 "분석성" 개념이 우리의 일상언어의 쓰임에 잘 맞지 않는다는 것을 보여준다. 비트겐슈타인은 "N. N씨" 등을 빌어 『논고』 시절 명제 안에서 이름이 대상을 지시할 수 있다는 생각* 또한 비판한다. 즉 최종적인 분석을 통해 얻게 되는 이름과 이름의 담지자持者 즉 이름이 명명하는 대상에 대한 생각들도 마찬가지 방식으로 비판한다.

* 『논고』의 그림 이론에 따르면 요소명제는 이름들의 결합에 의해 이루어지고 각각의 이름은 요소명제에 대응하는 원자 사실을 구성하는 대상들을 지시한다.

예를 들어 "엑스칼리버는 날카로운 날을 가지고 있다"(『탐구』, 44번)는 문장에 사용된 '엑스칼리버'라는 낱말이 의미하는 칼을 생각해보자. 『논고』에 따르면 '엑스칼리버'가 위 문장에서 유의미하게 사용되는 것은 그것이 지시하는 대상이 있기 때문이다. 그렇다면 엑스칼리버란 칼이 없는 경우, 예컨대 그 칼이 산산조각이 나서 더 이상 존재하지 않는 경우를 생각해보자. 이 경우 그것이 지시하는 대상이 없기 때문에 위 문장은 무의미할 것이다. 그러나 그러한 대상이 없다고 하더라도 일상언어에서 우리는 위와 같은 문장을 유의미하게 사용할 수 있다. "김구 선생은 독립운동가다" "소크라테스는 플라톤의 스승이다"와 같은 문장들을 생각해보면 쉽게 이해할 수 있다. 사실 우리의 단어 사용은 그것이 현재 어떤 대상을 지시할 수 있는 경우로 한정되지 않는다. 일상언어에서 이름은 더욱 폭넓게 사용된다.

5.
본질에서 가족 유사성으로

나와 내 친구, 그리고 내 형제, 자매 등을 한번 잘 관찰해보자. 사실 서로 너무 많이 다르다. 나와 내 절친한 친구는 거꾸리와 장다리라고 불려도 좋을 만큼 키 차이가 많이 난다. 나는 쌍꺼풀이 없지만 내 동생은 쌍꺼풀이 있다. 나와 내 동생은 뚱뚱하지만 우리 누나는 날씬하다 등. 잘 살펴보면 너무 똑같다고 말하는 일란성 쌍둥이도 사실 서로 다르다. 그렇다면 이렇게 다른 대상들을 어떻게 '인간'이라고 부를 수 있을까? 얼굴색, 인종, 신체조건 등 너무도 다른데 말이다.

철학적으로 이에 대해서 가장 오랫동안 받아들여져온 답은 그러한 대상들이 공통적인 성질을 갖고 있기 때문이라는 것이다. 즉 나, 내 친구, 내 형제, 자매 등은 모두 '인간'이라는 성질을 공유하고, 그러한 점 때문에 인간이라고 불릴 수 있는 것이다. 우리가 일련의 대상들을 '개' '소' '말' 등으로 부를 수 있는 것도 마찬가지 이유에서다. 즉 그러한 대상들이 어떤 공통의 속성을 만족하기 때문인 것이다.

현실의 복잡하고 다양한 사례에서 그러한 본질적이고 공통적인 것을 파악하는 것을 철학의 진정한 역할로 보는 입장은 흔히 본질주의라고 불린다. 나, 내 친구, 내 동생 등 구체적인 개별대상(개별자)에서 위에서 언급한 '인간'을 구별해 플라톤은 "형상"이라고 불렀다. 플라톤 철학은 이러한 생각(본질주의)의 모범으로 간주된다. 비트겐슈타인의 스승인 프레게와 러셀, 그리고 『논고』 시절의 비트겐슈타인 자신도 그러한 생각으로부터 자유롭지 못하다. 이들 모두 사물의 공통적 성질이나 언어의 공통적 성질이 있다고 보고 그것을 파악하는 것을 철학의 주요한 과제로 보았다.

이제는 20세기 철학이라고 불러도 좋을 현대 철학의 뚜렷한 특징 가운데 하나는 본질주의에 대한 비판이다. 자신의 전기 철학을 포함한 보편적이고 공통적인 것의 추구를 '일반성에 대한 열망' '특수한 경우에 대한 경멸적인 태도'로 묘사하고 비판하는 비트겐슈타인의 후기 철학은 새로 반본질주의 철학의 모범으로 간주된다. 그의 본질주의 비판에 중요한 역할을 담당하는 것이 가족적 유사성이다.

언뜻 보면 서로 다른 대상들을 아우르는 공통적인 성질이 있는 것처럼 보인다. 즉 위에서 언급한 것처럼 나와 내 동생, 내 친구들을 '인간'이라고 부르는 것은 인간이라는 성질을 함께 갖고 있기 때문인 것이다. 그러나 획일적으로 '이것이다'고 할 수 있는 공통적인 면을 찾아내는 것은 사실 쉽지 않다. 잘 생각해보면 '인간'이라는 종은 고정된 것이라고 보기 어렵다. (적어도 우리의 과학적 상식에 비추어보면) 인간은 유인원에서 진화해온 고정되지 않은 일련의 생명체를 일컫는 말이다. 현재의 인간 모습은 과거의 유인원과는 너무 많은 차이가 있으며 먼 미래의 인간이 우리와 같은 모습을 하고 있으리라고 장담하기 어렵다.

좀더 극단적으로 표현하면 나 자신에 대해서도 동일한 어떤 것을 말하기 어렵다. 왜냐하면 어린시절의 나, 유년시절의 나, 청소년시절의 나, 그리고 지금의 나는 키, 몸무게 등 많은 것이 달라졌고 그것들 사이에서 동일한 어떤 것을 관찰할 수 없기 때문이다. 실제로 우리가 관찰할 수 있는 것은 동일성이 아닌 유사성이다. 비트겐슈타인은 "가족 유사성"을 빌어 이 점을 분명히 한다.

가족은 이종적인 집단이다. 어머니와 아버지가 일단 혈연적으로 먼 집단에 속해 있기 때문이다. 이 때문에 외양만 놓고 보면 어머니와 아버지가 부부인지는 알기 어렵다. 그런데도 어머니와 아버지, 나와 내 누이 그리고 내 동생으로 구성된 사진을 보면 대개의 경우 가족이라는 것을 쉽게 알 수 있다. 왜냐하면 서로 닮았기 때문이다. 예를 들어 나와 내 어머니는 쌍꺼풀이 없고 내 아버지와 내 누이들은 쌍꺼풀이 있다. 반면 나와 내 아버지는 왼손잡이고 이마가 넓고 내 동생과 어머니는 두툼한 입술을 갖고 있다.

우리가 보통 하나의 일반명사 아래 포섭하는 모든 실체들에 공통적인 어떤 것을 찾으려는 경향, 우리는 모든 놀이에 공통적인 어떤 것이 있어야 하고 이 공통적인 속성이 다양한 놀이에 일반명사 "놀이"를 적용하는 것을 정당화시켜준다고 생각하는 경향이 있다. 반면 놀이는 그 구성원들이 가족 유사성을 갖는 하나의 가족을 형성한다. 그들 가운데 몇몇은 같은 코를 갖고, 어떤 이들은 같은 눈썹을 갖고, 또 다른 이들은 같은 걸음걸이를 갖는다. 이러한 유사성은 상호 중첩되어 있다.(『청·갈색책』, 17쪽)

이러한 인용 다음에서 비트겐슈타인은 "일반 개념이 특수한 사례들의 공통 속성이라는 생각은 언어의 구조에 대한 또 다른 원초적이고 지나치게 단순한 생각들과 연관되어 있다"고 진술한다. 그가 가족 유사성을 빌어 비판하고자 하는 것은 바로 이러한 단순한 (본질주의적인) 생각이다.

예를 들어 우리가 "놀이"라고 부르는 행위들을 생각해보자. 나는 놀이들로 장기놀이, 카드놀이, 공놀이, 올림픽게임 등을 의미한다. "그것들에 공통적인 어떤 것이 존재해야만 한다. 그렇지 않으면 그것들은 '놀이'로 불릴 수 없다"고 말하지 마라. 그러나 그것들 모두에 공통적인 어떤 것이 있는지를 조사해서 관찰해보라. 왜냐하면 당신이 그것들을 조사해보면, 그것들 모두에 공통적인 어떤 것이 아니라 유사성, 연관성, 그것들 전체의 배열을 관찰할 것이기 때문이다. 반복하건데 생각하지 말고 보라! 예를 들어 복잡 다양한 연관성을 지닌 장기놀이들을 보라. 그리고 이제 카드놀이들로 넘어가보라. 여기서 당신은 카드놀이에 첫번째

군(장기놀이들)에 상응하는 요소들이 있다는 것을 발견하게 될 것이다. 그러나 많은 공통적인 특성은 사라지고 대신 다른 특성들이 나타나게 된다. 다음으로 공놀이로 넘어갈 때, 공통적인 많은 것이 유지되지만 또 많은 것을 잃게 된다. 바둑과 알까기를 비교해보라. 승리와 패배, 혹은 놀이하는 사람들 사이의 경쟁만이 있는가? 혼자 하는 카드놀이를 생각해보라. 공놀이에는 승리와 패배가 있다. 하지만 한 아이가 공을 벽에다 던지고 그것을 다시 받는 놀이를 즐길 때, 그러한 특성은 사라진다. (…) 이러한 검토의 결과는 다음과 같다. 우리는 중첩되고 교차하는 유사성의 복잡한 그물망을 본다. 때로 전반적인 유사성을 그리고 때로는 세세한 유사성을.(『탐구』, 66번)

위 인용에서 알 수 있듯이 비트겐슈타인은 가족 유사성을 빌어 일반 명사의 사용을 가능하게 하는 공통적인 속성에 대한 생각(본질주의)을 비판한다. 그러나 가족 유사성의 역할이 본질주의적인 발상을 비판하는 데 제한되는 것은 아니다. 가족 유사성은 다른 한편 위 인용의 "놀이"와 같은 한 일반명사를 사용할 수 있도록 하는 근거 역할을 한다. 즉 우리가 위 인용의 다양한 놀이를 하나의 "놀이"라고 명명할 수 있는 이유는 그러한 놀이가 상호 유사하기 때문인 것이다.

예를 들어 우리가 상이한 수 성질에 대해 말할 때, 우리는 그것을 상이한 개념들에 관련짓지 않는다. 우리는 상이한 하위개념들로 나뉘는 하나의 수 개념을 갖고 있지 않다. (…) 상이한 수 성질의 구문 사이에는 어떤 유사성이 있다. 그리고 그 때문에 우리는 그것들 모두를 수로 명명한다.(『비트겐슈타인과 비엔나 학단』, 102쪽)

이처럼 같은 일반명사의 사용은 다름 아닌 명칭되는 대상들(의 성질들)이 갖는 유사성 때문이다.

6.
그림에서 쓰임으로

사진첩에 꽂힌 사진들을 보면서 우리는 종종 지난 시절의 특정한 사건들을 떠올리고는 한다. 가령 벚꽃 가득한 대공원에서 나와 내 친구들이 함께한 사진을 보면서 나는 지금 자주 볼 수 없는 당시 친구들을 그리고 그들과 함께한 그때 그 상황을 떠올린다. 사진이 당시 상황을 거의 그대로 재현하고 있지만 정확히 말해 사진과 당시 상황은 같지 않다. 왜냐하면 사진은 3차원 공간 안에서 일어난 사건을 2차원 공간 안에서 재현한 것에 불과하기 때문이다. 그런데도 우리가 그 둘이 같다고 느끼는 것은 사진이 사실과 일대일로 대응해 당시 상황을 잘 묘사해주기 때문이다.

『논고』 시절 이러한 점에 착안해 비트겐슈타인은 언어를 세계를 묘사하는 그림에 비유했다. 예를 들면 "안경을 낀 사람이 밥을 먹는다"는 문장은 그에 상응하는 사실(안경을 낀 특정한 사람이 밥을 먹는 사실)을 묘사할 수 있다. 즉 그림이 사실에 대응하는 것처럼 언어 또한 사실에 대응할 수 있는 것이다. 문장이 사실에 대응할 경우, 즉 "철수는 아침을 먹고 있다"는 문장이 철수가 아침을 먹는 사실에 대응할 경우 그 문장은 참이고, 그렇지 않을 경우 거짓이다. 이러한 두 가지 가능성 즉 참, 거짓의 가능성을 비트겐슈타인은 명제의 의미로 간주했다. 즉 명제가 의미를 지닌다는 것은 그것이 참, 거짓이 될 수 있는 두 가능성을 갖는다는 것이고, 그것을 달리 표현하면 명제가 (경우에 따라) 사실에 대응하거나 대응하지 않을 수 있다는 것이다.

언어나 언어의 의미를 세계의 그림으로 보는 전기 비트겐슈타인의 언어 철학은 일반적으로 그림 이론으로 불린다. 당시 비트겐슈타인은 자신이 고안한 진리표가 명제가 사실을 묘사하는 그림 이론적 특성뿐만 아니라 언어와 세계가 공유하는 논리적 특성을 잘 보여줄 수 있다고 생각했다. 그러나 위에서 언급한 것처럼 진리표가 잘 적용되지 않는 사례가 있다는 것을 깨닫고 비트겐슈타인은 자신의 전기 언어에 대한 생각을 수정하게 된다. 일단 언어에 관한 그의 주된 관심이 이상언어에서 일상언어로 바뀌었고, 언어의 의미에 대한 생각 또한 바뀌게 된다.

앞에서 우리는 '엑스칼리버'가 없어지고 난 후에도 "엑스칼리버는 날카로운 날을 가지고 있다"는 말을 일상에서 유의미하게 사용할 수 있다고 했다. 이러한 경우는 우리의 주변에서 쉽게 발견될 수 있다. 우리는 죽고 사라진 '소크라테스'를 들어 "소크라테스는 훌륭한 철학자다"고 말한다. 나아가 텔레비전을 보면서 현실에 존재하지 않는 '둘리'를 들어 "둘리는 아기 공룡이다"고 말한다. 중요한 것은 이러한 말이 우리 사회에서 통용된다는 것이다. 즉 대화를 할 때 우리는 위 진술들이 무엇을 의미하는지를 알며 그 때문에 서로 적절한 의사소통을 할 수 있는 것이다.

이러한 점에 착안해서 비트겐슈타인은 이제 한 진술의 의미를 언어에서 그 진술이 사용되는 것으로 간주한다. 즉 어떤 말이 의미 있다는 것은 그 말이 언어에서 쓰이고 있다는 것이다. 가령 감기의 고어에 해당하는 '고뿔'을 생각해보자. 우리의 일상대화에서 '고뿔'은 사실 아무런 역할도 하지 않는다. 왜냐하면 우리는 "나는 감기 걸렸어"와 같이 '감기'라는 말을 표현하기 위해 "나는 고뿔 걸렸어"라는 말을 전혀 사용하지 않기 때문이다. 그러한 점에서 '고뿔'은 우리의 일상대화에서는 (특별한) 의미를 갖지 않는다고 할 수 있다.

그래도 '고뿔'은 예전에 감기를 표현하는 말이라는 것이 우리에게 알려져 학습을 통해 그 의미를 알 수 있다. 하지만 과거에 사용되던 많은 말들은 우리가 없어졌다는 사실조차 알지 못한 채 그 의미를 상실했을 것이다. 마찬가지 이유로 우리는 현재 유의미하게 사용되는 말들 가운데, 예를 들면 언제부터 갑자기 유행하게 된 "짱"과 같은 많은 말이 미래 세대에 전혀 쓰이지 못하는 나아가 그러한 말이 있었다는 것조차도 전혀 알지 못하는 상황을 충분히 상상할 수 있다.

이러한 점에 비추어볼 때 위 진술들이 의미가 있는 이유는 바로 그것이 우리 언어에서 사용되고 있기 때문이다.

비록 전부는 아닐지라도 "의미"라는 말을 사용하는 많은 경우에 우리는 그것을 다음과 같이 정의할 수 있다. 말의 의미는 언어에서 그것의 쓰임이다.(『탐구』, 444번)

의미에 관한 이러한 생각은 전기의 그림 이론과 대비적으로 쓰임 이론으로 불린다. 즉 『논고』 시절 비트겐슈타인은 한 진술이 의미 있다는 것을 그것이 사실을 묘사하는 그림의 역할을 하기 때문이라고 본 반면, 이제 그는 한 진술이 의미 있다는 것을 그것이 우리 언어에서 사용되기 때문이라고 본 것이다.

이는 『논고』 시절 비트겐슈타인이 생각했던 의미와 상당한 차이점이 있다. 가장 먼저 꼽을 수 있는 것은 한 진술이 의미 있다고 할 때 그 진술이 참, 거짓을 가릴 수 있는 명제로 한정되지 않는다는 것이다. 가령 "XX는 너무 멋있어"와 같은 특정 연예인에 대한 감탄문이나 이와 관련해 "XX의 사인을 받아와" 같이 어떤 행위를 요구하는 명령문 등은 비록 참, 거짓의 판단을 내릴 수 없을지라도 일상대화에서 적절한 쓰임을 갖기 때문에 충분히 의미를 가질 수 있다. 즉 세계 안의 사실들을 묘사하는 명제들뿐만 아니라 다양한 상황에서 다양한 역할을 하는 말들 모두가 의미를 갖는다.

언어는 다양한 쓰임을 갖고, 한 언어에 대한 그림 이론적 해석은 그러한 쓰임 가운데 하나에 불과하다. 비트겐슈타인은 도구 상자를 빌어 낱말들의 다양한 역할을 강조한다.

도구 상자에 있는 도구들을 생각해보라. 거기에는 망치, 집게, 톱, 나사 돌리게, 자, 아교 단지, 아교, 못과 나사들이 있다. 단어의 역할은 이러한 대상들의 기능만큼 다양하다. (그리고 이러한 경우들 모두에는 유사성이 있다.)(『탐구』, 11번)

뿐만 아니라 기관차의 운전실 내부, 장기놀이의 장기말 등을 빌어서 여러 번 낱말의 다양한 역할을 강조하는데, 이렇게 하는 중요한 이유는 단일한 근본적인 하나의 언어 사용 즉 본질적인 언어 사용(이 있다는 생각)을 비판하고 거부하기 위해서이다. 그는 다시 우리의 언어 사용이 유사성에 기인한 것이라고 강조한다.

7. 언어 놀이

한 진술이 이러저러한 쓰임의 기능을 갖기 때문에 의미가 있다고 할 때, 그 진술이 어떤 역할을 한다고 하기 위해서는 역할을 부여하는 혹은 역할을 지배하는 체계가 있어야 한다. 가령 이승엽이 4번 타자이자 1루수 역할을 한다고 말하기 위해서는 '야구'라는 게임이 있어야 한다. 즉 "4번 타자"나 "1루수"는 야구라는 놀이에서 특정한 역할을 나타내고, 그 역할로 비로소 의미 있게 된다. 마찬가지로 김병지는 수문장이라고 말하기 위해서는 '축구'라는 놀이가 있어야 하고, 하승진은 센터라고 말하기 위해서는 '농구'라는 놀이가 있어야 한다. 그리고 "수문장"과 "센터"는 각 놀이에서 특수한 역할을 나타내는 말들이다. (제 역할에 맞게 사용되었을 경우, 그 말이 적절히 혹은 올바로 사용되었다고 할 수 있다.)

이러한 문맥에서 볼 때, 한 낱말이 그 쓰임 때문에 의미가 있다고 말하기 위해서는 낱말의 역할 혹은 쓰임을 지배하는 체계가 있어야 한다. 앞에서 언급한 대로 비트겐슈타인은 그러한 체계를 언어 놀이라고 부른다. 그는 서로 다른 다양한 언어의 쓰임만큼이나 우리의 언어 놀이 또한 복잡하고 다양하다고 보았다.

그러나 얼마나 많은 종류의 문장들이 있는가? 가령 주장, 물음, 명령이 있는가? 셀 수 없을 정도로 무수히 많은 종류가 있다. 우리가 "기호들", "낱말들", "문장들"이라고 부르는 것들에 무수히 많은 상이한 종류의 사용이 있다. (…) 다음의 예들에서 그리고 다른 예들에서 언어 놀이의 다양성을 고찰해보라.

명령을 내리고, 그 명령에 복종하기.

대상의 외양을 기술하거나 그 크기를 측정하기.

기술(도면)에 따라 대상을 제작하기.

사건을 보고하기.

사건에 대해 추측하기.

가설을 세우고 검사하기.

표와 그림으로 실험 결과를 표현하기.

이야기 짓기, 그리고 그것을 읽기.

연극하기.

수수께끼를 알아맞히기.

농담하기.

실용 산수의 문제 풀기.

한 언어를 다른 언어로 번역하기.

부탁하기, 감사하기, 저주하기, 인사하기, 기도하기.

언어의 도구들과 그것들의 사용방식의 다양성 즉 낱말과 문장 종류의 다양성을 (『논리철학논고』의 저자를 포함하는) 논리학자들이 언어의 구조에 대해 말해온 것과 비교하는 것은 흥미롭다.(『탐구』, 23번)

언어와 언어 놀이가 단지 다양하기만 한 것은 아니다. 앞에서 언어 사용의 예에서 보듯 어떤 낱말이 새로 사용되고 다른 낱말은 더 이상 사용되지 않는 것처럼, 언어 놀이는 언어와 함께 생성 소멸하는 가변적 성격을 갖는다.

이 다양성은 최종적으로 주어진 고정된 어떤 것이 아니다. 오히려 새로운 언어 유형들, 새로운 언어 놀이들이라고 말할 수 있는 것들이 생겨나고 다른 것들은 시대에 뒤떨어진 낡은 것이 되어 잊혀진다.(『탐구』, 23번)

예를 들어 "이것은 책이다"란 한 진술은 그것이 어떤 책을 가리키기 때문에 쓰일 수 있고 그 때문에 의미 있는 것은 아닌가 하는 의문을 갖는 독자들이 있을 것이다. 이러한 생각은 한 진술의 의미를 그림 이론적으로 생각하는 것이며, 의미가 다양하고 가변적이라는 생각에 의문을 제기하는 것이기도 하다. 비트겐슈타인은 이러한 생각을 직접적으로 반대한다. 비트겐슈타인에 따르면 그러한 생각은 본질주의적인 발상이며, 그것은 단지(그림 이론적으로 언어의 의미를 따지는) 하나의 언어 쓰임이나 하나의 언어 놀이에 불과하다.

조금만 생각해보면 위 진술이 다양한 맥락에서 사용될 수 있다는 사실을 확인하는 것은 그리 어렵지 않다. "이것은 책이다"란 진술이 사용되기 위해서 반드시 그러한 대상을 가리키는 상황이 있어야만 하는 것은 아니다. 가령 위 문장은 번역가가 "This is a book"이라는 영어 문장을 번역하는 상황 혹은 국어 선생이 우리말 문법을 설명하기 위해 사례를 든 상황 등에서 여전히 유의미하게 사용될 수 있다. 또 연기자가 위 문장을 연기의 대사로 사용할 수 있으며, 극단적으로는 특정 집단이 자신의 의사소통을 위해 은어로 사용하는 상황도 고려할 수 있다. 마찬가지로 "책"이라는 말이 지금 우리 사회에서는 유의미하지만, 미래에 더 이상 사용되지 않는 사회를 충분히 상상할 수 있다.(아마 "책"이라는 말이 사용되지 않았던 과거 사회를 상상하는 것이 훨씬 쉬울 것이다.)

다양한 언어 놀이들 가운데 비트겐슈타인이 특별히 관심을 기울인 것은 아이들이 말을 배우는 것과 같은 단순한 언어 놀이다. 그것으로부터 더 복잡한 언어 사용이 이루어지기 때문이다. 비트겐슈타인은 "언어 놀이"라는 말을 사용한 초기에 언어 놀이를 다음과 같이 정의한다.

나는 앞으로 반복해서 내가 언어 놀이들이라고 부를 것에 네가 주의를 기울이도록 할 것이다. 이것들은 우리가 대단히 복잡한 우리 일상언어의 기호들을 사용하는 방식보다는 더 단순하게 기호들을 사용하는 방식들이다. 언어 놀이는 그것을 갖고 아이가 낱말들을 사용하기 시작하는 언어의 형식들이다. 언어 놀이들에 대한 연구는 언어의 원초적 형식들 혹은 원초적 언어들에 대한 연구이다.(『청·갈색책』, 17쪽)

물론 『탐구』에 나오는 모든 언어 놀이의 예들을 위 인용문처럼 단순한 언어 사용으로 간주하기는 어려울 것이다. 주목할 것은 비트겐슈타인이 원초적인 언어 사용이나 원초적인 언어 놀이를 통해 우리의 언어 사용이 삶의 일부라는 것을 강조하려고 했다는 사실이다.

우리는 또한 2번에서의 낱말 사용의 전체 과정을 어린 아이들이 그것에 의해 모국어를 배우는 놀이들 가운데 하나로 생각할 수 있다. 나는 이러한 놀이들을 "언어 놀이들"라고 부를 것이며, 때때로 어떤 원초적 언어를 한 언어 놀이로 말할 것이다.

그리고 석재를 명명하는 과정과 누군가가 불러준 낱말을 따라 말하는 과정 또한 언어 놀이들로 불릴 수 있다. 윤무놀이와 같은 놀이들에서 행해지는 낱말들의 사용에 대해 충분히 생각해보라.

나는 또한 언어와 관련 행위들로 이루어진 전체를 "언어 놀이들"로
부를 것이다.(『탐구』, 7번)

이는 삶의 형식과 자연사의 사실들을 통해 뒤에서 좀더 논의될 것
이다.

8.
문법(의 규칙들)

『탐구』에서 사용되지만 문법이나 문법의 규칙들이라는 말은 그의 중기 철학의 주요 저서 『철학적 문법』, 『철학적 소견』 등에 더 많이 등장하고 거기서 주도적으로 다루어진다. 여기서는 다음에 다룰 규칙(따르기)에 대한 이해를 돕기 위해 문법(의 규칙들)의 성격에 대해 살펴볼 것이다.

『논고』 시절 비트겐슈타인은 논리학과 수학의 명제들이 항상 "참"이고, 진리표를 통해 그러한 성질을 보여줄 수 있다고 생각했다. 예를 들어 "오늘 비가 오거나 오늘 비가 오지 않는다"처럼 "A∨ㄱA"로 기호화될 수 있는 배중률*(을 만족하는) 문장은 항상 참이며, 그것이 항상 참이라는 것을 다음과 같은 진리표를 통해 보여줄 수 있다고 생각했다.

* 배중률은 중간을 배제하는 원칙으로 임의의 문장, 예를 들어 A와 그것의 부정 ㄱA 사이에 다른 제3의 가능성은 없다는 것을 의미한다. 즉 A이거나 ㄱA라는 것이다. 이러한 원칙은 임의의 명제는 참이거나 거짓이라고 하는 양가의 원리에 근거해 항상 참이게 된다. 즉 A가 참(거짓)일 경우 ㄱA는 거짓(참)이고, 둘 가운데 하나는 참이기 때문에 배중률 형태의 전체 문장 "A∨ㄱA"는 항상 참이 된다.

(T3)

A	¬A	A∨¬A
T	F	T
F	T	T

그러나 비트겐슈타인은 자신의 진리표가 모든 사실에 적용될 수는 없다는 것을 깨닫는다. 예를 들어 두 진술이 배타적인 경우, 우리는 "이것은 빨갛다"(A)에서 "이것은 파랗지 않다"(¬B)를 추론할 수 있으나 이러한 추론은 아래 진리표에 따르면 타당하지 않다. 왜냐하면 추론이 타당하기 위해서는 모든 경우가 참이어야 하는데 첫째 열이 거짓이기 때문이다.*

* 비배타적인 경우 즉 포섭적인 관계일 경우 A로부터 ¬B를 추론하는 것은 타당하지 않다. 예를 들어 "오늘 날씨가 맑다(A)"로부터 "땅이 젖어 있지 않다(¬B)"를 추론할 수 없기 때문이다. 가령 오늘 날씨가 맑지만 너무 더워서 땅에 물을 뿌려 땅이 젖어 있는 경우 즉 전자의 문장이 참이지만 후자의 문장이 거짓인 경우가 있을 수 있기 때문이다. 이 경우 "오늘 날씨가 맑다면, 땅은 젖어 있지 않다(A→¬B)"는 거짓이 된다. 일상에서 우리가 "이것이 빨갛다면, 그것은 파랗지 않다"를 추론할 수 있는 것은 두 경우(이것은 빨갛다, 이것은 파랗다)가 상호 배타적이기 때문이다.

(T4)

A	B	A→¬B		
T	T	T	F	F
T	F	T	T	T
F	T	F	T	F
F	F	F	T	T

이러한 사실에 비추어 비트겐슈타인은 위 배중률 같은 문장이 항상 참인 것은 진리표를 사용하는 체계에서 그러하다는 생각을 갖게 된다. 즉 (T3)을 만족하는 위 문장이 참인 것은 진리표의 규칙을 따를 경우이며, 다른 규칙을 따를 경우에 그러한 진술이 반드시 참이라고 할 수는 없다. 한 진술의 참, 거짓은 그 진술이 사용된 체계의 규칙들에 의존한다.

이러한 점에 비추어 비트겐슈타인은 (그가 중기에 명제체계라고 부른) 한 체계의 규칙들이 그 자체로는 참도 거짓도 아니라고 생각한다. 그리고 한 체계나 구문의 규칙들로서 (기하의 공리들과) 문법의 규칙들을 그 자체로 참, 거짓을 말할 수 없는 정당화될 수 없는 임의적인 것으로 간주한다.

주의할 것은 "임의적"이라는 말이 무가치하다는 것을 의미하지 않는다는 것이다. 비트겐슈타인이 임의적이라고 했을 때 강조하고자 한 것은 그것이 더 이상 정당화되지 않는다는 것이다. 예를 들어 유클리드 기하에서 "삼각형 내각의 합은 180도이다"라는 진술은 유클리드 기하에서 사용된 다양한 계산들의 올바름과 잘못됨을 구분하는 기준에 해당한다. 그 점에서 기준에 해당하는 진술은 참, 거짓에 앞선다고 할 수 있다.

비록 기준에 해당하는 진술의 참, 거짓을 말할 수 없을지라도, 그 기준에 의해서야 비로소 다양한 계산이나 쓰임이 올바른지 그른지가 혹은 계산이나 쓰임에 대한 진술이 참인지 거짓인지가 결정되는 것이다.

이러한 규칙은 한 진술의 참, 거짓뿐만 아니라 그 진술의 의미 또한 결정한다. 예를 들어 "이 사과는 빨갛다"는 진술에서 "빨갛다"는 것은 색깔 체계에서의 규칙들에 의해 그 의미가 결정되는 것이다. (『논고』의 의미에 해당하는 참, 거짓(의 가능성)은 사실 특별한 하나의 언어 사용에 불과하다.)

　　따라서 기호에 관한 규칙은 실재에 대한 어떠한 그림을 그리지 않는다. 그것은 참도 거짓도 아니다.(『비트겐슈타인과 비엔나 학단』, 240쪽)

　　이 경험명제는 참이고 저 경험명제는 거짓이라는 것은 문법에 속하지 않는다. 명제를 실재와 비교할 수 있는 모든 조건들 즉 의미 이해의 모든 조건들이 그것에 속한다.(『철학적 문법』, 45번)

비트겐슈타인은 다양한 체계와 그것의 규칙들을 강조하기 위해, 『비트겐슈타인과 비엔나 학단』에서 "삼각형 내각의 합은 180도이다"라는 진술이 유클리드 기하에서 규칙인 것처럼 비#유클리드 기하에서라면 "삼각형 내각의 합은 182도(또는 181도)이다"와 같은 진술도 규칙으로 사용될 수 있다고 말한다. 한 진술의 의미가 다양성과 가변성을 지니듯 그 의미를 결정하는 문법의 규칙들 또한 다양성과 가변성을 지닌다. 앞에서 논의한 "이것은 책이다"가 사용되는 다양한 상황은 다름 아닌 이 진술의 쓰임을 규정하는 상이한 구문 규칙들 즉 문법의 규칙들이 있다는 것을 보여준다. 그리고 "이것은 책이다"가 사용되지 않는 상황은 그것의 쓰임을 결정하는 문법의 규칙이 존재하지 않는다는 것을 보여준다.

나아가 『논고』 시절 사실의 그림일 수 있는 명제와 그림이 될 수 없는 규칙에 해당하는 진술이 엄격히 구분되었던 것에 반해, 한 진술은 이제 한 체계나 문법에서 규칙을 나타낼 수도 있고 규칙에 의한 쓰임을 나타낼 수도 있다. 즉 진술 그 자체만으로는 규칙에 해당하는지 규칙에 의한 쓰임을 나타내는지가 분명하지 않을 수 있다. 예를 들어 그것이 색깔과 길이의 기준을 제시하기 위한 것이라면 "이것은 빨간 색이다"나 "이것은 10센티미터다"와 같은 진술은 규칙에 해당한다. 그러나 주어진 색과 길이의 기준을 특정 사실에 적용하는 경우라면 그것은 규칙에 대한 쓰임을 나타낸다. 즉 위 두 진술은 전자(기준의 제시)의 경우 규칙에 해당하고, 후자(사실에 적용)의 경우 (규칙을 따른) 쓰임에 해당한다.

"임의적"이라는 것은 또한 (내 마음대로 할 수 있다는) "자의적"이라는 것도 의미하지 않는다. 가령 각 팀이 11명으로 구성된 특정 놀이를 나타내기 위해 "축구"라는 말 대신 다른 낱말 가령 "공차기"를 사용할 수도 있었다는 점에서 "축구"라는 말의 선택이나 사용은 임의적이다. 그렇지만 "축구"라는 말이 내 마음대로 규칙을 정해 내 맘대로 사용할 수 있는 자의적인 것은 아니다. 마찬가지로 특정한 길이를 1센티미터로 간주하는 것은 다른 길이를 1센티미터로 간주할 수 있었다는 점에서 임의적이다. 그러나 센티미터의 길이 단위는 내 맘대로 정해서 내 맘대로 사용하는 것이 아니기 때문에 자의적인 것은 아니다.

의사소통에 사용되는 언어는 이미 공적인 것이다. 즉 문법이나 문법의 규칙들이란 개인적으로 사용할 수 있는 그러한 것이 아니라, 여러 사람에게 공통적인 공적인 성격을 갖는다. 이 점을 강조하기 위해 비트겐슈타인은 정당화될 수 없는 문법의 규칙들을 (일치를 나타내는) 규약들로 간주한다.

> 의미에 대한 설명은 경험진술이나 인과적 설명이 아니라, 규칙 즉 규약(일치, Übereinkommen)이다.(『철학적 문법』, 32번)

따라서 누군가가 우리가 알고 있는 낱말의 사용 기준에 대해 이견이 있다거나 다른 기준을 제시한다면, 그는 다름 아닌 현재 통용되는 규약에 반대하는 것이다.

> 그가 반대하는 것은 이러한 판단 기준들과 연관된 이 표현의 사용이다. 즉 그는 일상적으로 사용되는 특정한 방식으로 이 낱말을 사용하는 것을 반대하는 것이다. 다른 한편 그는 자신이 규약에 반대한다는 것을 알지 못한다.(『청·갈색책』, 57쪽)

문법의 규칙들은 그것이 더 이상 정당화될 수 없다는 점에서 임의적이다. 그러나 그것(들)은 자의적인 것이라기보다는 기준이자 일치를 나타내는 일종의 규약에 해당한다. 비트겐슈타인은 언어와 세계의 본질이 언어의 문법으로 표현되고 그 규칙들로 파악되는 것으로 간주한다. 그러나 이때 주의할 것은 본질이 『논고』의 이상언어에서 가정하는 것처럼 영원하고 불변하는 성질을 나타내는 것이 아니라는 점이다. 비트겐슈타인이 여기서 본질이라고 표현한 것은 다양성과 가변성을 지니는 자연언어의 규칙이나 규칙들의 체계 문법에 해당한다. 그가 본질이라는 표현을 통해 강조하려고 한 것은 바로 일치의 측면이다.

9.
규칙 따르기

비트겐슈타인은 앞에서 언어를 놀이(게임)와 관련짓는 중요한 하나의 이유로 유사성을 제시했다. 그가 언어를 놀이와 관련짓는 또 다른 중요한 이유는 놀이가 규칙으로 이루어진 체계이기 때문이다. 가령 야구라는 놀이는 "두 팀이 각각 9명씩 경기를 한다", "9회까지 더 많은 점수를 얻는 팀이 승리한다" 등의 규칙들로 이루어진 놀이다. 언어 놀이 또한 규칙들로 이루어진 놀이로 간주될 수 있다.

이와 관련해 언어의 실제 사용을 강조한 것처럼 비트겐슈타인은 규칙 자체보다는 규칙 따르기$^{rule following}$라는 규칙의 실천을 강조한다. 가령 비트겐슈타인은 "규칙 따르기는 우리 언어 놀이에 근본적이다", "규칙 따르기는 인간의 활동이다" 등을 통해 규칙을 준수하는 것이 인간 삶의 일부분이라고 강조한다. (나아가 언어 자체를 쓰임에 의해 의미를 갖는 인간 삶의 현상으로 간주한다.) 이러한 문맥에서 볼 때 언어 놀이를 한다는 것은 다름 아닌 놀이의 규칙들을 따르는 즉 놀이를 이루는 규칙들에 부합하는 행위를 하는 것을 의미한다.

앞에서 우리는 규칙이 규약이나 관습에 해당한다는 것을 지적했다. 이러한 문맥에서 볼 때, "규칙을 따른다"는 것은 규약(관습)을 따른다는 것을 의미한다. 일반적으로 규약(관습)이 '규약(관습)의 따름'이라는 실천적 함의를 갖는 말이라는 점을 고려할 때, 양자를 구분하기보다는 규칙과 규칙 따르기 모두를 규약(관습)으로 간주할 수 있다. 따라서 우리는 종종 규칙이라는 말로 규칙 따르기를 함께 의미할 것이라고 전제한다.

사실 우리의 언어 사용 그 자체가 하나의 관습 즉 규칙 따르기에 해당한다. 예를 들어 내가 특정 과일을 보면서 "그것은 사과다"고 말하고 특정 색을 보면서 "그것은 빨갛다"고 말할 때, '사과', '빨강' 등의 표현은 우리말 과일 체계, 색깔 체계에서 특정 과일과 색깔을 나타내는 말이다. 위 두 낱말과 두 문장은 현재 한국말을 사용하는 사람이 함께 공유하는 관습적으로 사용되는 말들이며, 나는 지금 바로 그러한 말의 관습을 따르는 것이다. 즉 나는 다른 사람들과 같은 방식으로 위 낱말과 문장을 사용하는 것이다.

그러나 요점은 우리 모두가 그것을 똑같이 사용한다는 것이다. 그것의 의미를 아는 것은 다른 사람이 하는 것과 같은 방식으로 그것을 사용하는 것이다.(『수학 기초에 관한 비트겐슈타인 케임브리지 강연』, 183쪽)

물론 나는 위 과일과 색깔을 '사과'나 '빨강'이라고 말하지 않거나 그러한 낱말을 사용하기를 거부할 수 있다. 실제로 우리는 낱말의 잘못된 사용을 바로잡기 위해 관습적으로 사용해온 특정한 말의 사용을 의도적으로 거부하는 경우가 있다. 무단횡단을 하거나 빨간불일 때 횡단보도를 건너는 것이 교통법규나 법률을 위반하는 것에 해당하는 것처럼, 그러한 행위는 다름 아닌 언어의 관습, 규약을 반대하거나 거부하는 행위에 해당한다. 이러한 사실들에서 우리는 규칙을 따른다는 것이 사람들이 행하는 규약을 실천하는 것에 해당한다고 말할 수 있다.

관습의 실천에서 알 수 있듯이 규칙 따르기는 삶의 방식이나 삶의 형식과 관련을 맺는다. 비트겐슈타인은 일종의 규칙에 해당하는 $y = x^2$과 같은 공식의 의미 판단 기준이 사람들이 그것을 사용하는 방식 즉 그렇게 하도록 배운 방식이라고 말한다. (관습의 실천으로서 규칙 따르기는 우리의 삶의 방식이나 언어 사용과 관련된 (자연의) 사실들과 밀접히 연관되어 있다. 이 점에 대해서는 아래 「확실성에 관하여」 부분에서 더 자세히 살펴볼 것이다.)

흥미로운 것은 비트겐슈타인이 의미뿐 아니라 이해 개념도 규칙 따르기를 통해 설명한다는 것이다. 우선 "나는 복실이라는 말로 우리집 강아지를 의미했어"라고 말할 때 일반적으로 우리는 '의미하다'가 개인의 생각이나 의도를 표현하는 정신적 행위를 나타내는 말이라고 생각한다. "$y = x^2$ 식을 이해했다"처럼 특정 낱말이나 공식을 이해했다고 할 경우, '이해하다'는 자신의 생각을 전달하기 위해 언어적 표현을 사용하는 것마저도 필요 없는 즉 이해 과정 자체로 충분한 순수 정신적인 과정인 것처럼 보인다. 즉 의미하기, 이해하기 등은 정신적인 상태나 과정을 나타내는 말들로 보인다.

비트겐슈타인은 본질주의를 비판하듯 이러한 생각 또한 일종의 질병으로 간주한다.

저장소와 같이 그것으로부터 우리의 모든 행위가 튀어나오는 소위 정신 상태라고 부르는 것을 항상 찾고 (발견하려고 하는) 사유의 일반적인 질병이 있다.(『청·갈색책』, 143쪽)

대신 그는 규칙 따르기를 통해 즉 규칙을 잘 따르고 있다는 사실을 통해 이해 혹은 이해하기라는 개념을 파악할 것을 제안한다. 가령 자연수 덧셈을 배우는 초등학교 학생의 경우를 생각해보자. 그가 덧셈을 잘 이해하고 있는지 아닌지는 그 아이가 2+7=( ), 3+5=( ) 등의 문제에 대해 9, 8과 같은 올바른 답변을 내놓는지 아닌지를 통해 판단된다. 즉 아이가 덧셈의 규칙들을 사례들에 잘 적용할 경우 그 아이는 덧셈을 잘 이해하고 있는 것이고 그렇지 않을 경우 덧셈을 아직 잘 이해하고 있지 못한 것이다. 이러한 문맥에서 볼 때 이해란 일종의 기술의 습득에 해당한다. 즉 주어진 규칙을 잘 습득해서 실제에 잘 적용하는 것 즉 규칙을 적절히 잘 따르는 것이 바로 관련 내용을 제대로 이해하고 있는 것이다.

언어의 이해는 놀이에 대한 이해처럼 특정한 문장이 그것에 대비적으로 의미를 획득하는 배경과 같아 보인다. 그러나 이러한 이해 즉 언어에 대한 지식은 언어의 문장들을 동반하는 의식 상태가 아니다. 비록 그 결과들 중의 하나가 그러한 상태일지라도 이해는 의식 상태가 아니다. 이는 곱하기를 할 수 있는 능력처럼 계산을 이해하거나 숙달하는 것과 매우 유사하다.(『철학적 문법』, 11번)

어떤 것을 이해한다고 할 때, 비트겐슈타인이 이해에 정신적 과정이 전혀 없다는 것을 주장하는 것은 아니다. 비트겐슈타인이 강조하는 것은 내적인 과정이 외적인 기준을 통해서야 검증될 수 있다는 것이다.

개인적인 정신 상태로의 환원을 거부하는 다른 중요한 이유 가운데 하나는 '이해(하다)'라는 말이 (한 개인의 정신적 과정을 의미한다고 일의적으로 말할 수 없는) 가족적 유사성을 갖는 다양한 쓰임을 갖기 때문이다. (이는 가족적 유사성에 관한 논의를 참조하면 충분히 추론해낼 수 있다.) 또 다른 이유는 외적인 기준 없이 개인적인 정신 과정을 나타낸다고 할 때 그러한 주장을 정당화할 수 없기 때문이다. 이에 관한 논의는 다음 「사적 언어」 (사용의) 불가능성에 대한 논의로 미루도록 하겠다.

주관의 심리 상태를 나타내는 말을 내성이 아닌 행동의 관찰을 통해 옳고 그름을 평가하자는 비트겐슈타인의 발상은 행동주의 심리학을 떠올리도록 한다. 비트겐슈타인의 이러한 아이디어는 행동주의 심리학의 발상과 상당히 비슷하다.

10.
사적 언어

필자는 문학적 재능이 매우 떨어지는 사람이다. 사실 어려서부터 시, 소설, 수필 등과 같은 글읽기와 글쓰기에 거의 흥미가 없었다. 일기를 쓴 것도 초등학교 시절 학교 숙제로 쓴 것이 대부분이다. 대부분이라고 말하는 이유는 그래도 감수성이 예민하던 시절 한 2년 동안 일주일에 한 번 꼴로 일기를 썼기 때문이다. 이성을 좋아하게 되면서부터 일기를 썼던 듯하다. 혹시 누가 내 일기를 볼까봐 그 이성의 이름을 나만 알 수 있는 특정 기호로 표기하던 기억이 난다. 아마 비슷한 이유로 (혹은 다른 이유로) 많은 독자는 자신만 알 수 있는 표현을 사용해서 특정 대상이나 특정 감정 등을 표현한 경험들이 있을 것이라고 생각한다.

이처럼 나만이 알 수 있는 표현들은 우리가 일반적으로 사적 언어라고 부른다. 그런데 비트겐슈타인은 『탐구』에서 사적 언어의 불가능성을 논증한다. 이에 대해 몇몇 독자는 다소 혼란스럽거나 이상하게 생각할 것이다. 왜냐하면 위에서 말한 의미의 사적 언어 사용을 나를 포함한 우리 주변에서 쉽게 발견할 수 있기 때문이다.

그러나 비트겐슈타인이 문제 삼는 사적 언어는 나뿐만 아니라 다른 사람도 동일한 대상이라는 것을 쉽게 알 수 있는 어떤 대상을 가리키는 말, 즉 내가 좋아하는 XX라는 특정 연예인을 나만 알 수 있는 표현으로 가리키는 그런 사적 언어가 아니다. 그가 문제 삼는 것은 각 개인의 독특한 감각처럼 다른 사람이 전혀 인지할 수 없는 나 자신만 인지하는 사적인 경험 대상을 가리키거나 의미하는 말에 해당하는 사적 언어이다.

사람은 스스로를 격려하고, 스스로에게 명령하고, 복종하고, 책망하고, 벌을 내릴 수 있다. 그는 또 스스로에게 질문하고 답할 수 있다. 우리는 심지어 오직 독백적으로만 말하는 사람들을 상상할 수 있다. 즉 그들의 독백적인 말에 의해 그들 활동이 수반하게 되는 그런 사람들을. 그들을 관찰하고 그들 말을 귀기울여 들은 탐험가는 그들 언어를 우리 언어로 번역하는 데 성공할 수도 있을 것이다. (이는 그 탐험가에게 그들 행동을 올바로 예언할 수 있도록 할 것이다. 왜냐하면 그는 그들의 결심과 결단 또한 듣는 것이기 때문이다.)

그러나 한 사람이 자신의 내적인 체험들 그의 느낌, 기분 등을 자신의 개인적 사용을 위해 글로 적거나 말로 표현하는 언어 또한 상상할 수 있지 않을까? 그럼 우리의 일상언어에서 우리가 그렇게 할 수 없는가? 그러나 그것은 내가 의미하는 것이 아니다. 이 언어의 각 낱말은 화자에게만 알려질 수 있는 것 즉 그의 직접적인 사적 감각들을 지시하는 것이다. 따라서 다른 사람은 그 언어를 이해할 수 없다.(『탐구』, 243번)

사적 감각은 공적으로 관찰 가능하지 않은 개인적인 경험의 한 예이다. 비트겐슈타인은 "말하기", "글쓰기" 같은 행위들과 대비적으로 위에서 논의한 "의미하기", "생각하기" 등을 사적인 경험의 예로 들고 있다. 사적 언어란 그러한 주관적인 독특한 경험을 나타내는 말이다.

아마 일부 독자는 그러한 언어에 대한 논의가 왜 필요한지에 대해 의구심을 가질 것이다. 분명한 것은 철학사적으로 개인의 독특한 사적 경험을 가장 확실한 인식의 근거로 삼아야 한다고 주장하는, 그러한 종류의 시도들이 종종 있었다는 것이다. 비트겐슈타인의 스승인 러셀 또한 그러한 주장을 한 인물 가운데 하나다. 러셀은 감각 자료들을 직접 지각할 수 있는 사적인 대상들로 간주한다. 그의 논리적 원자론에 따르면 우리의 지식은 그러한 대상들에 대한 경험에서부터 구성되는 것이다. 따라서 이들 논의가 성공적이려면 그러한 경험을 지시하거나 의미하는 사적인 언어가 가능해야 한다.

비트겐슈타인은 이러한 언어가 불가능하다는 것을 보이려고 한다. 따라서 비트겐슈타인의 사적 언어 (사용의) 불가능성 논증이 옳다면, 그것은 그동안 중요한 철학자들이 제기한 몇몇 이론들이 잘못이라는 것을 입증한 셈이다. 그리고 그 잘못을 정확히 밝혔다는 점에서 그의 논증은 철학적 의의가 있다.

언뜻 사적인 경험을 표현하는 사적 언어는 가능해 보인다. 가령 "난 지금 배가 너무 아파"라는 말은 다른 누구의 고통도 아닌 나 자신의 고통을 직접적으로 표현하는 말이다. 그리고 그 고통은 그에게는 직접적이고 분명하게 알려지지만 다른 사람은 그가 느끼는 고통을 사실 느낄 수가 없다. 그 점에서 내성을 보고하는 감각은 전적으로 사적인 것처럼 보인다. 이러한 상황에서 주목할 것은 사적인 감각을 전달하는 언어 자체가 공적이라는 것이다. 즉 누군가가 "감각은 사적이다", "나는 지금 치통을 앓고 있다"와 같은 사적 경험을 진술할 때, 우리는 그러한 문장들이 무엇을 의미하는지를 잘 알고 있다. (즉 우리는 위 진술들을 상황에 맞게 적절히 사용할 수 있다.)

비트겐슈타인은 언어의 (공적公的인) 성격상 "사적私的 언어"라는 말은 성립할 수 없다고 생각한다. 즉 사적 언어라는 말은 공적으로 쓰일 수 없는 무의미한 말이다. 이러한 사실을 바탕으로 그는 사적인 언어 사용의 불가능성 논의를 편다. 사적 언어 논증에서 비트겐슈타인이 주장하는 것은 크게 다음의 두 가지다. 하나는 (비트겐슈타인이 문제 삼는) 사적 언어가 의미 있다면 그것은 이미 공적인 쓰임을 갖는 것이고 그렇다면 사적 경험 (진술의) 의미를 전혀 모른다고 할 수 없다. 다른 하나는 이에 반대해 어느 말로도 대신할 수 없는 개인의 독특한 느낌을 표현하는 사적인 말의 사용을 허용한다면, 그러한 언어 사용은 정당화될 수 없다.

첫째 주장은 규칙 따르기에서 어느 정도 논의했다. 언어를 사용한다는 것은 언어 놀이에 참여하고 있다는 것이고 그것은 다름 아닌 놀이의 규칙들을 따르고 있다는 것을 의미한다. 그렇다면 규약, 제도 등을 나타내는 규칙(따르기)의 개념상 사적인 규칙의 준수란 있을 수 없다.

우리가 "규칙 따르기"라고 부르는 것이 오직 한 사람이 그리고 그의 일생에서 단 한 번 따르는 것이 가능한 그런 어떤 것인가? 이것은 물론 "규칙 따르기"라는 표현의 문법에 대한 주석이다.

어떤 사람이 오직 단 한 번 규칙을 따랐다는 것은 가능하지 않다. 오직 단 한 번 보고가 행해졌고, 명령이 주어지거나 이해되었다는 것 따위는 가능하지 않다. 규칙을 따르는 것, 보고 하는 것, 명령을 내리는 것, 장기놀이를 하는 것은 관습들(쓰임들, 제도들)이다.

문장을 이해하는 것은 언어를 이해하는 것을 의미한다. 언어를 이해하는 것은 기술을 연마하는 것을 의미한다.(『탐구』, 199번)

그러한 까닭에 '규칙 따르기'는 실천이다. 규칙을 따른다고 생각하는 것은 규칙을 따르는 것이 아니다. 따라서 규칙을 '사적으로' 따르는 것은 가능하지 않다. 그렇지 않다면 규칙을 따랐다고 생각하는 것이 규칙을 따르는 것과 같을 것이기 때문에.(『탐구』, 202번)

사적 감각을 표현하는 언어가 공적인 것처럼 감각 행위는 공적이다. 예를 들어 내 동생이 "몸살이 나서 아파 죽겠어"라고 말할 때 그 의미를 우리가 파악할 수 있다는 점에서 이 진술이 공적인 것처럼, 이불을 뒤집어쓰고 누워 있거나 땀을 많이 흘리거나 하는 등의 행동은 공적으로 관찰될 수 있다. 실제로 이러한 행동은 한 사람이 몸살이 나서 아픈 상태에 있는지 아닌지를 판단하는 일반적인 잣대다. 마찬가지 방식으로 우리는 누군가가 사적 감각을 표현하기 위해 "난 이가 너무 아파"라는 말을 할 때처럼 얼굴을 찡그리는 등의 행위를 공적으로 관찰할 수 있다.

비트겐슈타인이 말하는 언어는 발화되거나 글로 쓰인 언어뿐만 아니라 손짓, 몸짓과 같은 좀더 원초적인 언어 행위들을 포함한다. 이에 비추어볼 때 위에서 언급한 감각 행위들은 일종의 원초적 언어에 해당한다. 즉 감각 행위는 공적으로 관찰할 수 있는 일종의 감각 언어다. 그러므로 사적인 감각은 결국 공적인 언어를 통해 표현될 수밖에 없고 그 점에서 다른 어떤 사람과도 공유하지 않는 순수 사적 언어라는 것은 있을 수 없다.

이에 대해서 일부 독자는 그래도 다른 어떤 사람도 알 수 없는 오직 나만 알 수 있는 표현을 사용할 수 있다고 여전히 생각할 것이다. 그리고 그 점에 비추어 사적 언어가 가능하다고 말할 것이다. 내가 특정한 통증을 느낄 때 그리고 그러한 통증이 반복될 때마다 나는 "아픔"이라는 말 대신 그 통증을 S와 같은 특수한 기호로 나타낼 수 있고 다른 사람은 내가 S로 표시한 감각이 "그 아픔"을 대신한다는 것을 알 수 없는 상황을 충분히 상상할 수 있다.

이 경우 문제가 되는 것은 "S"로 표현한 감각의 동일성 즉 내가 예전에 느꼈던 아픔과 지금의 아픔이 같다는 것을 어떻게 정당화할 수 있는가 하는 것이다. 그것을 정당화하는 일반적인 아이디어는 기억으로 지난번에 느꼈던 고통이 지금 느끼는 고통과 같다고 하는 것이다. 그러나 이 경우 내 기억이 올바르다는 것을, 즉 같은 감각을 기억한다는 것을 어떻게 보장할 수 있는가 하는 것이 문제된다. 사실 기억의 객관성, 보편성을 가정하지 않는 한 기억을 통해 감각 경험이 동일하다는 것을 정당화할 수 없다. 이 경우 기억의 객관성을 미리 가정해야 하는 문제가 있다. 이러한 점에서 볼 때 사적 언어 사용을 정당화할 수 있는 적절한 기준을 세우는 것이 불가능하다고 할 수 있다. 즉 사적 언어는 그 말을 혼자 사용하는 개인에게서도 (기준의 역할을 담당하는) 언어로 기능할 수 없다.

다음과 같은 경우를 상상해보자. 나는 어떤 감각이 반복해서 발생하는 것에 대해 일기를 쓰고자 한다. 이 목적을 위해 나는 그 감각을 기호 "S"와 연관짓고, 내가 그 감각을 가지는 날마다 달력에 이 기호를 써넣는다. 나는 우선 그 기호에 대한 정의를 정식화할 수 없음을 말할 것이다. 그러나 여전히 나는 스스로에게 일종의 지시적 정의를 줄 수 있다. 어떻게 내가 그 감각을 가리킬 수 있는가? 일상적인 의미에서는 그럴 수 없다. 그러나 나는 그 기호를 말하거나 적고, 동시에 나는 그 감각에 주의를 집중한다. 그 때문에 그것을 내적으로 지시할 수 있을 것처럼 보인다. (…) 아마도 이 일은 나의 주의 집중에 의해 정확하게 된다. 왜냐하면 이러한 방식으로 기호와 감각 사이의 관계를 나 스스로에게 각인하기 때문이다. 그러나 "나 스스로에게 그것을 각인한다"는 단지 이 과정이 내가 미래에 그 연관을 올바로 기억하도록 한다는 것을 의미한다. 그러나 현재 나는 올바름의 기준을 갖고 있지 않다. 사람들은 나에게 옳게 보이는 것은 무엇이든지 옳다고 말하고 싶어할 것이다. 그것은 단지 여기서는 우리가 '올바름'에 대해 말할 수 없다는 것을 의미한다.(『탐구』, 258번)

아래의 "딱정벌레 상자" 논의는 사적 언어 사용의 문제를 보여주는 널리 인용되는 유명한 예이다.

만약 내가 나는 "고통"이라는 말이 무엇을 의미하는지를 오직 나 자신의 경우에서 안다고 내 자신에 대해 말한다면, 나는 다른 사람들에 대해서도 마찬가지로 말해야 하는 것이 아닌가? 그렇다면 나는 하나의 경우를 그렇게 무책임하게 어떻게 일반화할 수 있는가?

이제 누군가가 그는 자기 자신의 경우에서 고통이 무엇인지를 안다고 말한다! 각 사람이 그 안에 우리가 "딱정벌레"라고 부르는 것을 담은 상자를 갖고 있다고 하자. 어떤 사람도 다른 사람의 상자를 들여다볼 수 없고, 각 사람은 모두 자신은 그 자신의 딱정벌레를 관찰함으로써만 딱정벌레가 무엇인지를 안다고 말한다. 여기서 각 사람 모두가 그 자신의 상자 속에 다른 것을 가지고 있는 것이 충분히 가능할 것이다. 나아가 우리는 지속적으로 변하는 그러한 것을 상상할 수도 있다. 그런데 "딱정벌레"라는 말이 이 사람들의 언어에서 쓰임을 갖는다고 가정할 수 있겠는가? 만약 그렇게 가정할 수 있다면, 어떤 사물에 대한 이름으로써 사용되지는 않았을 것이다. 상자 속에 있는 것은 언어 놀이에서 어떤 역할도 차지하지 않는다. 심지어 어떤 것^{something}으로써도 아니다. 왜냐하면 상자가 비어 있을 수도 있기 때문이다. (…) 즉 만약 우리가 '대상과 지시'의 모형 속에서 감각 표현의 문법을 구성한다면, 그 대상은 우리의 고려 대상에서 무관한 것으로 떨어져나간다.(『탐구』, 258번)

11.

확실성에 관하여

매우 적게 사용되었는데도 후기 비트겐슈타인 저술에서 중요하게 사용되는 두 개념이 있는데 하나는 "삶의 형식(들)"이고 다른 하나는 "자연사의 사실(들)"이다. 이 두 개념은 상호 밀접히 연관되어 있는데, 두 개념 모두 우리의 삶의 확실성과 관련되어 있다.

무어는 "나는 손을 갖고 있다"와 같은 진술은 우리의 경험을 통해 직접적으로 정당화될 수 있다고 주장한다. 무어의 이러한 주장은 세계의 사물들은 우리가 보는 그대로 존재한다는 사실*에 바탕을

* 철학적으로 이러한 입장은 "상식적 실재론$^{naive\ realism}$"이라고 불린다. 언뜻 당연하게 보이는 이러한 입장은 철학적으로 정당화하기 힘든 입장 가운데 하나다. 가령 특정 대상을 보면서 "이것은 빨갛다"고 할 때, 그 대상이 정말 빨간 것인지는 분명하지 않다. 왜냐하면 주어진 대상을 빨강으로 인지하는 것은 우리의 감각 구조와

밀접히 연관되어 있기 때문이다. 예를 들어 소의 경우 빨간색을 검은색으로 인지하는 것으로 일반적으로 알려져 있으며, 빨간색 색맹으로 간주되는 사람의 경우 그는 주어진 대상의 색을 빨강으로 인지하지 않는다. 나아가 빨강으로 통칭해서 부르지만 각 개인의 빨강에 대한 인지에는 분명한 차이가 있다. 즉 동일한 빨강이 아니다. 이러한 점에 비추어보면, 우리가 보는 대로 대상이 존재한다는 것은 사실 정당화하기 힘든 주장이다.

두고 있다. 그러나 우리의 감각이 사적이라는 점을 감안한다면 이러한 주장을 정당화하는 데는 사실 상당한 문제점이 있다. 비트겐슈타인은 무어식 힌지명제hinge propositions라고 불리는 이러한 명제들의 확실성에 대해 그만의 독특한 설명을 제시하는데, 이는 위에서 언급한 삶의 형식이나 자연사의 사실과 밀접히 연관되어 있다.

"나는 손을 갖고 있다"는 문장에서 우리의 논의를 시작해보자. 전기 비트겐슈타인에 따르면 이 문장은 그것에 대응하는 사실을 그림 그릴 수 있기 때문에 그리고 그로 인해 참, 거짓을 판별할 수 있기 때문에 유의미한 문장이다. 논리 실증주의에 따르면 이 문장은 경험에 의해 참, 거짓을 판별할 수 있기 때문에 유의미한 문장이다. 일반적으로 수학과 논리학에서의 명제들처럼 '정의'와 같은 의미 분석을 통해 참, 거짓을 판별할 수 있는 문장들, 예를 들어 "원은 한 점에서 등거리에 있는 점들의 모임이다" "총각은 총각이다"와 같은 진술들은 분석명제로 불린다. 반면 우리가 경험에 의해 참, 거짓을 판별할 수 있는 위와 같은 진술들은 종합명제로 불린다.

문제는 『논고』 이후 비트겐슈타인이 이러한 구분의 일반적인 적용 가능성을 받아들이지 않는다는 것이다. 나아가 위에서 언급한 것처럼 세계의 사실들이 우리가 경험하는 대로 존재한다는 것을 이론적으로

당화할 수 있다고 생각하지도 않는다. 그렇다면 극히 자명해 보이는 위와 같은 문장들의 사용은 어떻게 정당화될 수 있을까? 비트겐슈타인은 정당화와 확실성의 영역을 구분함으로써 이러한 질문에 대한 나름의 답변을 제시한다.

"나는 지금 손을 들고 있다"와 같은 문장을 쓰기 위해서 나는 일단 한국어에 익숙해야 한다. 실제로 나는 내 신체 일부를 '손'으로 부르도록 그리고 그것을 이용한 특정 행위를 '손을 든다'라는 말로 표현하도록 교육받았다. 그리고 어떤 상황에서 "나는 지금 손을 들고 있다"는 문장이 참이 되는지도 교육받았다. 나아가 "물은 100도씨에서 끓는다" "2+3=5"와 같은 문장들도 우리는 교육과 훈련을 통해 언제 그것이 참이 되는지를 안다. 그리고 그러한 교육을 통해 우리는 "지구는 둥글다" "지구는 내가 태어나기 전부터 과거 오랜 세월 존재해왔다"와 같은 문장에 대해 별다른 의심 없이 맞는 진술로 받아들인다.

『청·갈색책』에서 비트겐슈타인은 언어 놀이들을 아이가 그것을 가지고 단어들을 사용하기 시작하는 언어의 형식들 혹은 원초적 언어들로 정의했다. 비트겐슈타인은 위와 같은 문장들을 언어 놀이를 가능하게 하는 원초적인 언어나 언어 행위들로 간주한다. 즉 위와 같은 명제들은 언어 놀이를 실행하기 위해 받아들여야 하는 그러한 종류의 문장들이다. 가령 "이 색은 빨갛다"는 우리 사회의 색깔 체계를, "물은 100도씨에서 끓는다"는 우리의 과학을, "2+5=7"은 우리의 수학을 받아들일 수 있도록 하는 근간이 되는 명제들이다. 왜냐하면 위 명제들의 사용을 의심하는 것은 우리의 색 체계, 과학 체계, 수학 체계들 즉 우리가 사용하는 언어 놀이들을 의심하는 것이기 때문이다. 즉 언어 놀이들을 받아들이는 한 위 명제들은 우리가 거부할 수 없는 그러한 명제들이다.

그러나 위 명제들을 왜 받아들여야 하는지에 대한 합리적인 근거를 제시하는 것은 그리 단순하지 않다. 분명한 것은 우리가 위 명제들을 말할 때 특정 대상을 손으로, 빨강으로 부르는 그러한 행위를 실천한다는 것이다.

어떻게 내가 규칙을 따를 수 있는가? 만약 이것이 원인에 대한 질문이 아니라면, 내가 규칙에 따라 그렇게 행위한다는 것의 정당화에 대한 질문이다.

만약 내가 정당화를 다 소진한다면 나는 암반에 이르게 되고 내 삽은 방향을 바꾸게 된다. 그때 나는 다음과 같이 말하는 경향이 있다. "이것은 단지 내가 하고 있는 것이다."(『탐구』, 217번)

그러나 그것은 단지 내가 두 손을 가지고 있다는 것을 내가 이러한 방식으로 믿는다는 것이 아니라 합리적인 사람은 누구나 그렇게 한다는 것이다.

잘 근거지어진 믿음의 근거에는 근거지어지지 않는 믿음이 놓여 있다. '합리적인' 사람은 누구나 이러한 방식으로 행위한다.(『확실성에 관하

여』, 252~254번)

사실 우리가 특정 색깔을 왜 빨강으로 명명해야 하는지는 분명하지 않다. 분명한 것은 나는 어렸을 적부터 특정 대상을 '빨강'으로 부르도록 교육받았고, 그렇게 부르는 것이 의사소통에 필수적이다. 즉 '빨강'이라는 명명 행위를 통해 서로 의사소통을 할 수 있다는 것이다. 위 인용에서 알 수 있듯이 비트겐슈타인은 우리의 지식이나 의심이 이러한 삶의 확실성을 전제로 이루어진다고 본다.

언어 놀이는 확실성의 영역 즉 삶의 영역에서 확실한 것으로 받아들이는 것이다. 비트겐슈타인은 언어 놀이와 언어 놀이 안에서 언어 사용을 의심을 넘어선 것으로 간주한다.* 즉 우리가 언어를 사용한다는 것은 의심할 수 없는 받아들여야 할 사실이다. 비트겐슈타인은 합리적으로 정당화될 수 없는 언어 사용의 자연스러운 성격을 이성 대신 본능을 빌어 설명한다. 비트겐슈타인에 따르면 언어 사용은 이성의 산물이라기보다는 자연적 본능에 의한 것이다. 그리고 언어 사용이 이루어지는 언어 놀이 또한 마찬가지다.

* 비트겐슈타인이 여기서 문제 삼고 있는 언어 놀이는 정당화의 끝에서 발견되는 의심할 수 없는 근본적 신념과 연관된 놀이다.(『탐구』, 217번, 『확실성에 관하여』, 253번, 341~342번) 이 글에서 다루는 언어 놀이들은 그러한 놀이에 해당한다.

우리의 언어 놀이는 원초적 행위들의 확장이다. (왜냐하면 우리의 언어 놀이는 행위, 즉 본능이기 때문이다.) (『메모들』, 545번)**

** 주의할 것은 여기서 비트겐 슈타인이 언어 사용에 이성적 인 면이 전혀 없다고 하는 것 이 아니라는 점이다. 비트겐슈 타인이 강조하는 것은 언어 사 용의 정당화될 수 없는 확실성 의 측면이다.(『확실성에 관하 여』, 559번 참조)

본능은 인간 내부의 심적 기능이나 능력이라기 보다 '행위'를 나타내는 말이다. 비트겐슈타인은 앎 단계 이전에 아이가 언어를 습득하게 되는 과 정이나 언어 놀이의 원초적 형식 등을 빌어 '반응' 의 측면을 강조한다. 언어 놀이가 시작되는 원초 적 반응은 언어 사용을 포함하는 개념으로 비트겐 슈타인은 그런 언어 사용이 이성에 의해 정당화되 거나 의심할 수 있는 것으로 간주하지 않는다. 그 점을 강조하기 위해 비트겐슈타인은 본능이 이성에 앞선다거나 의심이 본능에서 시작된다 고 말한다. 즉 정당화될 수 없는 언어 사용은 일종의 본능적 반응이며, 그러한 반응은 앎이나 회의 이전 확실성 단계에서 이루어지는 것이다.

삶의 형식들이나 자연사의 사실들은 이러한 언어 사용의 사실들을 나타내는 말일뿐만 아니라 그러한 사실들을 규제하는 말이다. 예를 들 어 나는 한국 사람으로서 한국어를 사용한다. 우리말 사용은 좁게는 (그 말이 특수한 집단의 문화적 특성을 반영한다는 점에서) 한민족 특유 의 삶의 형식을, 넓게는 (말을 사용한다는 점에서) 인간의 삶의 형식을 반영한다. 즉 인간이 말을 사용한다는 것은 다름 아닌 인간의 삶의 형 식인 것이다.

하나의 언어를 상상하는 것은 하나의 삶의 형식을 상상하는 것을 의 미한다.(『탐구』, 19번)

여기서 "언어 놀이"라는 용어는 언어를 말한다는 것이 어떤 활동의 일부 혹은 삶의 형식의 일부라는 사실을 두드러지게 하도록 의도된 것이다.(『탐구』, 23번)

더 근본적으로 언어가 달라 직접 의사소통이 불가능할 때 우리는 몸짓, 눈짓, 손짓 등의 원초적 언어를 사용한다. 이러한 점에서 고통을 표현할 때 얼굴을 찡그리거나 배를 움켜쥐는 등과 같은 것은 다름 아닌 우리 인간의 삶의 형식이며, 말이나 글을 이용한 언어 사용 또한 마찬가지다. 동시에 (원초적 언어를 포함하는) 이러한 언어 사용은 그 자체로 인간의 자연사의 사실에 해당한다.

명령하기, 질문하기, 이야기하기, 잡담하기는 걷기, 먹기, 마시기, 놀기와 마찬가지로 우리 자연사의 일부이다.(『탐구』, 25번)

언어는 공적이다. 예를 들어 "나무"라는 말을 내가 사용한다는 것은 내가 특정 언어 놀이에 참여한다는 것을 나아가 삶의 형식을 받아들인다는 것을 의미한다. 즉 "나무"라는 말의 사용은 내가 지금 한국 사람으로 한국말을 하면서 살아가는 이상 받아들여야만 하는 그러한 것이다. 왜냐하면 내가 그 말을 쓰기 싫다고 사용을 거부하거나 다른 사람들이 전혀 알아들을 수 없는 말로 그것을 대신한다면, 나는 다른 사람과 의사소통을 제대로 할 수 없기 때문이다. 비트겐슈타인은 삶의 형식을 받아들여야만 하는 것으로 간주한다.

나아가 우리가 말을 사용하게 되는 즉 개념을 형성하게 되는 상황을 고려할 때, 자연사의 사실들은 이러한 언어 사용이 있기 위한 필요조건으로 작용한다. 예를 들어 "나무"라는 말을 사용하기 위해서는 우리 주변에서 흔히 볼 수 있는 그에 대응하는 나무들이 있어야 한다. 그러한 대상들의 사실 관계의 변화가, 공룡의 소멸과 휴대전화와 같은 새로운 대상의 탄생이 우리의 말 사용에 영향을 미친다.

비트겐슈타인은 자연사의 사실들의 이러한 측면을 강조하기 위해 언어 놀이와 개념의 의미 변화를 사실의 정상성과 관련짓는다. 그는 "사실들이 지금과 달랐다면 어떤 언어 놀이들은 중요성을 상실하고 다른 놀이들은 중요하게 되었을 것"이라는 점을 가정하고서, "주어진 방식으로 언어의 어휘 사용에 점차적인 변화가 있게 된다"고 설명한다. 또 개념의 의미를 설명하기 위해 일반적인 자연의 사실들을 언급해야 한다고 말한다. 즉 언어 사용이 있기 위해서는 개념 형성이나 그것의 의미 매김을 위한 (대응하는) 자연사의 사실들이 전제되어야 하는 것이다.

비트겐슈타인은 자연사의 사실들이라는 말로 일상의 언어 사용이나 그러한 사용에 대응할 수 있는 일반적인 사실들의 중요성을 강조한다.

물이 그르그러한 조건에서 끓고 얼지 않는다는 것을 우리는 안다고 말한다. (…) 이러한 사실은 우리의 언어 놀이들의 근저에 침투해 있

다.(『확실성에 관하여』, 558번)

우리가 전달하는 것은 실제로 인간 자연사에 대한 소견이다. 그러나 그것은 호기심의 촉진이 아니다. 그것은 우리 눈앞에 항상 있어서 주목되지 않은 누구도 의심하지 않던 (사실들에 대한) 확인이다.(『탐구』, 415번)

12.
철학

비트겐슈타인은 전후기 비교적 일관되게 철학과 과학이 구분되어야 한다고 본다. 철학이 하는 역할은 언어의 (논리적) 명료화이다.

그러나 후기 철학관에는 『논고』와 구별되는 주요한 차이점이 있다. 이는 페어스[D. Pears]와 폰 라이트 등이 지적하듯 중기 이후 강조된 반과학주의 태도에 잘 드러나 있다.

언급한 대로 『논고』에서도 철학이 과학과 구별되어야 한다고 본다. 그러나 전기의 철학관은 '반과학주의'라기보다는 '비과학주의'에 해당한다. 『논고』에서 그림의 역할을 담당하는 말할 수 있는 유의미한 명제는 자연과학의 명제들뿐이다. 철학은 말할 수 없는 명제들로 유의미한 명제를 가능하게 하는 혹은 자연과학적 탐구를 가능하게 하는 조건을 탐구하는 일종의 메타과학*의 역할을 담당한다. 반면 중기 이후 비트겐슈타인에게 뚜렷이 드러나는 특징 가운데 하나는 철학에 대한 반형이상

* 과학과 이것에서 파생된 문명 자체를 대상으로 하는 한 단계 높은 새로운 지식을 말한다.

학적 태도이다. 그러한 태도를 표명하는 과정에서 그는 반과학주의 입장을 분명히 한다.

철학에 대한 반과학주의적인 태도는 우선 다음 두 가지를 새로 강조하는 데서 비교적 잘 드러난다. 첫째, 자신의 전기 철학을 포함한 지금까지의 형이상학은 과학주의적 신념의 결과나 희생양이다. 둘째, 과학주의적 신념은 지금의 영미와 대륙 철학의 주도적 경향이며 자신은 그 반대를 지향한다. 구체적으로 『청·갈색책』에서 비트겐슈타인은 과학이 설명의 방법을 채택하고 철학자들이 그러한 방법을 채택하는 데서 형이상학이 구상된다고 본다. 그리고 이를 일반성 추구의 요인으로 간주하며 그러한 경향이 철학자들을 암흑으로 이끈다고 본다. 즉 형이상학은 '설명'이라는 과학 방법의 도용이 빚어낸 결과물이다.

『논고』시절 비트겐슈타인은 우리의 일상언어를 대신할 이상언어를 추구했으며, 이상언어를 통해 세계와 언어가 공통으로 갖는 보편적인 특성을 밝힐 수 있을 것이라고 생각했다. 비트겐슈타인은 이제 이러한 생각이 일반적 설명을 추구한 하나의 형이상학적 발상이라고 본다. 그는 이제 이상언어를 통한 논리적 명료화가 아닌 일상언어의 논리적 명료화를 시도한다. 그 과정에서 철학이 과학의 설명이 아닌 다른 방법을 채택해야 한다고 본다.

이러한 생각은 『논고』시절 과학과 철학에 대한 입장에서 몇 가지 변화된 시각을 드러낸다. 우선 유일하게 말할 수 있는 긍정적 함의를 지닌 것으로 평가되던 과학이 일반성의 열망이라는 잘못된 왜곡을 낳는 부정적 함의를 지닌 것으로 평가된다. 그 점은 과학의 방법이나 역할에 대한 생각의 변화 즉 기술이 아닌 설명이 과학 작업이라고 보는 과학에 대한 변화된 시각으로 나타난다.

다음으로 과학 위의 학문으로 즉 메타과학으로 생각되던 철학이 더이상 과학 위에 위치한 것으로 간주되지 않는다는 점이다. 즉 과학과 구별되는 제1철학으로서 철학의 위상이 거부된다. 이 점은 변화된 사다리 비유에 잘 나타난다. 『논고』 시절 비트겐슈타인은 말할 수 있는 것들을 통해 말할 수 없는 것에 이르는 사다리의 역할을 강조했다. 그러나 『문화와 가치』에서 이제 같은 사다리 비유를 통해 (현실을 넘어선) 그러한 곳이 따로 있지 않다는 점을 분명히 한다. 즉 『논고』 시절 비트겐슈타인은 말할 수 있는 것들을 가능하게 하면서 그러한 것들을 넘어선 존재 선험적 자아나 형이상학적 주체를 드러나는 것으로 간주했다. 그러나 이제 그러한 영역이 따로 있다고 생각하지 않는다. 그것은 단지 설명 욕구가 빚어낸 허구일 뿐이다.

이와 대비적으로 비트겐슈타인은 "기술description"의 철학을 강조한다. 즉 전기 과학의 방법으로 채택되었던 기술이 그의 후기 철학에서 이제 새로 철학의 방법으로 간주된 것이다. 그가 "기술"을 통해 강조하려고 했던 것은 언어 사용이나 언어의 문법에 대한 명료한 봄이다. 비트겐슈타인은 "우리의 잘못된 이해의 한 가지 주된 원인이 우리 낱말의 사용을 일목요연하게 보지 못하기" 때문이며, "우리의 문법이 그러한 명료성을 결여"하고 있다고 말한다. 즉 비트겐슈타인이 강조하려고 한 것은 언어 사용이나 언어 사용의 문법에 대한 정확한 조망이다. 쉬운 우스운 예로 어떤 여성이 "묻고 싶은 말이 있어서 찾아 왔어요"라고 한 남자에서 말하고 그 남성이 삽을 주면서 "말을 묻으려면 땅을 많이 파야 해"라고 대답했을 때, 이 두 사람 사이에는 '말' 의 쓰임이나 문법이 다르다. 그 쓰임이나 문법을 명확히 파악해 잘못된 점을 지적하는 것 그것이 바로 철학의 역할이다.

이러한 대비 과정에서 비트겐슈타인은 자신의 이러한 생각이 반시대적이라고 본다. 즉 과학은 설명을 통한 이론적 구성을 지향하는데, 그것은 "진보"로 표현할 수 있는 우리의 시대정신을 잘 드러낸다. 그러나 자신이 지향하는 것은 그러한 진보가 아니라 명료한 기술이다. 즉 그는 명료화를 통해 당대 사람들이 추구한 과학적인 설명의 철학이나 형이상학을 해체하려고 한 것이다. 그 점에서 (적어도 과학주의가 시대정신이라는 점을 받아들이는 한) 그는 스스로 염려한 대로 반시대적 고찰인 즉 철학에 대한 반과학주의자라고 할 수 있다.

이러한 구분은 그의 철학관이 지닌 성격을 이해하는 중요한 잣대이기도 하다. 왜냐하면 설명과 구별되는 기술의 대상, 범주 그리고 철학 역할이 앞에서 우리가 논의한 방식으로 설명되기 때문이다.

먼저 명료화로서의 철학에 대하여 살펴보자. 전기 비트겐슈타인에게 그것은 명제를 대신하는 프레게의 사상에 준하는 보편적인 사고의 명료화이다. 그러나 중기 이후 명료화는 더 이상 그런 작업으로 비쳐지지 않는다. 비트겐슈타인은 그것을 본능적인 것으로 간주한다. 즉 명료화란 합리적 지성의 구분 행위라기보다는 우리에게 자연스럽게 발생하는 본능적인 활동인 것이다.

그의 중기 이후 논의에 따르면 과학적 설명은 세계에 대한 참된 기술이라기보다는 이론을 정당화하는 작업이다. 즉 그것은 오류 가능성이나 수정 가능성에 개방된 실험을 통해 확증, 반증될 가설 연역적인 지식 작업에 해당한다. 반면 철학의 기술은 그러한 작업이 성립하기 위한 전제 즉 정당화의 선조건을 밝히는 작업이다. 그러한 선조건은 정당화될 수 없고 참이라고 주장될 수도 없다. 그렇지만 삶의 문맥에서 우리는 논쟁의 여지없이 당연하게 받아들인다. 그러한 사실들의 진술이 바로 기술이다. 즉 전자가 이론을 갖고 세계 안의 사실들을 예측하고 설명한다면, 후자는 단순히 삶에서 일어나는 혹 삶에서 관찰되는 일반적인 자연의 사실들을 보고할 뿐이다. 자연사란 인과적 필연성, 가설(가정) 등을 배제하는 (그래서 자연과학과 분명히 구별될) 본능 차원에서 다뤄질 개념이고, 자연사의 사실들에 대한 명료한 기술이 철학의 역할인 것이다.

비트겐슈타인의 이러한 철학은 일반적으로 치료로서의 철학으로 불린다. 비트겐슈타인은 철학이 과학적 탐구일 수 없다고 생각한다.

우리가 고려하는 것들이 과학적인 것들이 아니라고 말하는 것은 옳다. (…) 우리는 어떤 종류의 이론을 개진하지 않을 수도 있다. 우리가 고려하는 것들에 가설적인 것이 있어서는 안 된다. 우리는 모든 설명을 제거하고, 기술이 오직 그 자리를 대신해야 한다. 그리고 이러한 기술은 철학적 문제들에서 그 빛 즉 그 목적을 얻는다. 물론 이것들은 경험적인 문제가 아니다. 그것들은 오히려 우리 언어의 작용을 잘 살펴봄으로써 풀리게 된다. 비록 그것들을 오해하도록 하는 충동이 있을지라도 우리가 그 작용을 인지하도록 하는 그런 방식으로 풀리게 된다. 문제들은 새로운 정보를 제공함으로써 풀리는 것이 아니라 우리가 항상 알고 있었던 것을 잘 정리함으로써 풀린다. 철학은 언어로써 우리 지성이 매혹되는 것에 대한 투쟁이다.(『탐구』, 109번)

3부. 논술 내비 게이 션

1. 후대에 미친 영향

1.
일상언어 학파

비트겐슈타인 이후의 분석철학이 그의 후기 철학에서 자유롭지 못하다는 점에서 이후 분석철학은 『탐구』의 직, 간접적 영향에 있다. 실제로 일상언어를 주요 탐구대상으로 삼고 그것의 중요성을 강조한 일상언어 학파는 후기 비트겐슈타인 철학의 직접적인 영향에 있었다고 보아도 무방하다. 일상언어 학파의 비트겐슈타인적 유산으로 간주될 수 있는 것은 인간 심리 현상을 행동주의적으로 설명한 것과 일상언어 분석을 통해 언어의 철학적 오용을 바로잡고자 한 것이다.

라일의 경우 『마음의 개념』(1949)에서 데카르트적 심신이원론에 문제를 제기한다. 라일에 따르면, 데카르트적 이원론은 공간 속에서 있으면서 기계론적 법칙에 따라 움직이는 인간의 육체를 넘어선 정신영역을 설정한다. 그런데 이러한 설정은 정신을 관찰할 수 없고 기계적 법칙에 따르지 않는 신비한 존재로 보는 혼란을 일으킨다. 심신이원론은 '기계 속의 유령'에 해당하는 모순적인 학설에 불과하다. 대신 그는 인간의 정신현상을 행동주의적으로 파악할 것을 제안한다. 즉 내적인 인간의 마음을 외적으로 드러나는 행동에 의해 분석하려는 시도를 한 것이다.

『딜레마』(1954)에서는 미래의 우리의 행위는 이미 결정되어 있다는 숙명론과 그 행위는 각 개인의 자유로운 선택에 따른다는 자유의지처럼 상호 양립할 수 없는 것으로 보이는 명제들을 분석한다. 그는 외관상 모순처럼 보이는 명제들 사이에서 발생한 딜레마는 논리의 언어와 사건의 언어를 개념적으로 혼동한 결과라고 본다. 즉 그는 언어 사용을 개념적으로 혼동한 데에서 딜레마가 빚어진 것일 뿐 두 진술은 상호 모순된 것이 아니라고 본 것이다.

오스틴은 "서술적 오류"를 지적하면서 다양한 일상언어의 용법과 언어 행위들의 구분에 관심을 기울인다. 페어스에 따르면 비트겐슈타인과 오스틴은 일상언어의 분석을 올바른 철학의 방법에 포함시켜야 한다고 본 점에서 공통적이다. 그러나 일상언어의 분석에서 두 사람은 차이를 보인다. 즉 비트겐슈타인은 자유로운 상상과 사변에 주로 의존해 언어 분석을 시도한 반면 오스틴은 좀더 현실적이고 경험론적인 방법으로 언어 분석을 시도한다.

비트겐슈타인과 유사하게 오스틴은 철학자들의 용어 사용에 문제를 제기한다. 즉 오스틴에 따르면 철학적 문제들은 철학자들이 만들어놓은 용어 때문에 일어난 사이비 문제에 불과하다. 예를 들어 '물리적', '현상적'과 같은 용어는 철학자들이 고안한 것으로 일상적으로 그러한 용어는 사용되지 않는다. 이러한 맥락에서 '물리적' 대상의 존재를 증명하는 것은 현실적으로 무의미하며 불필요한 논쟁만 불러일으킬 뿐이다. 따라서 그러한 용어들에 바탕을 둔 철학자들의 논의는 비현실적인 공허한 논의에 불과하다.

대신 오스틴은 언어를 발화發話 행위로 즉 언어를 말을 하는 수행적인 사건으로 본다. 그는 그 발화가 수행한 사건과 결과들에 따라 의미가 형성된다고 본다. 예를 들면 내가 주례 앞에서 "네, 그렇게 하겠습니다"라고 말하는 것은 어떤 결론을 보고하는 것이 아니라 결혼생활에 들어간다는 수행 행위를 나타낸다. 그는 이러한 수행 행위를 "수행 발화"란 개념을 통해 범주화했고, 그것을 다시 발화 행위, 비발화 행위, 발화 매개 행위로 세분했다.

이후 그라이스[P. Grice], 스트로슨 등과 함께 일상언어 학파는 언어를 일종의 행위로 봄으로써 언어철학의 화용론*적 접근에 기여했다.

* 말의 쓰임에 관한 것으로, 충분한 이유나 어떤 의도가 있다면 의미적 모순도 무방하다는 것이다.

2.
분석철학 일반

비트겐슈타인 이후 분석철학을 대표하는 이들로 더밋, 데이빗슨, 콰인, 퍼트남[H. Putnam] 등을 들 수 있다. 이들이 의미에 관한 비트겐슈타인의 새로운 발상에서 자유롭지 않다는 것은 더밋과 로티의 언어 철학에서 의미이론에 대한 비트겐슈타인과 관련된 상반된 태도에서 잘 드러난다.

더밋에 따르면 데카르트를 근간으로 한 근대의 인식론 중심의 철학은 현대 분석철학의 등장과 함께 의미론 중심의 철학으로 대체되었다. 그는 철학의 역할을 의미이론을 구축하는 것으로 보고 비트겐슈타인이 후기에 와서 의미이론을 체계적으로 확장시키지 못한 것을 비판한다. 즉 철학의 역할은 일반적인 의미이론을 세우는 것인데 언어가 쓰임이라고 하면서 특수성을 강조하는 것은 그러한 역할에 맞지 않는다는 것이다. 더밋은 비트겐슈타인의 생각을 다음과 같이 비판한다.

체계적인 의미이론이 가능하지 않다는 생각(만약 그것이 비트겐슈타인의 생각이라면)은 현재 연구 단계에 비추어볼 때 패배주의자의 생각일 뿐만 아니라 명백한 사실들에 반하는 생각이다.(「분석철학이 체계적일 수 있고, 또 그래야 하는가」, 451쪽)

더밋에 따르면 한 언어를 습득한 사람이 그 언어에서 그가 들어보지 못한 무한히 많은 문장을 이해할 수 있는 것은 그 언어의 문장 사용을 지배하는 원리를 파악했기 때문이다. 철학이란 그러한 원리를 탐구해서 밝히는 것을 임무로 하며, 그 점에서 비트겐슈타인의 생각은 잘못된 생각이다.

로티는 반대로 비트겐슈타인을 "금세기의 가장 중요한 철학자"로 간주한다. 그는 후기 비트겐슈타인의 생각을 적극적으로 수용해, 보편적 언어의 가능성 즉 본질적인 언어의 가능성을 비판하고 언어의 의미를 언어의 쓰임이라고 본다. 나아가 언어의 의사소통적 기능을 강조한 실용주의를 제안한다.

로티에 따르면 의사소통의 도구가 될 수 있는 것들은 모두 언어로 간주될 수 있다. 예를 들어 논리학에서 사용하는 인공언어와 일상에서 사용하는 자연언어뿐만 아니라 우리 주위에서 볼 수 있는 별들의 위치, 바위의 점들도 언어로 취급될 수 있다. 비트겐슈타인의 철학이 우리에서 남겨준 것은 다름 아닌 이러한 폭넓은 언어에 대한 이해다. 그는 보편적인 진리를 탐구하는 의미이론 대신 문화공동체 안에서 상호주관적인 합의에 도달하는 문화 상대주의와 역사주의를 채택할 것을 제안한다.

로티는 분석철학의 종말을 공언할 정도로 조금은 과격한 입장에 있다. 최근에는 더밋과 로티의 중도적 입장으로 간주될 수 있는 의미이론을 포기하지 않으면서 비트겐슈타인의 쓰임의 아이디어를 유지하려고 하는, 즉 쓰임에 바탕을 둔 의미이론을 구성하고자 하는 시도를 브랜덤[R. Brandom], 이병덕 등이 하고 있다.

3.
기타

비트겐슈타인의 철학은 언어의 가능성과 한계를 규명한 일종의 비판철학으로 간주될 수 있다. 물론 비판철학의 관점에서 볼 때, 비트겐슈타인의 철학을 후기의 『탐구』로 제한할 필요는 없다. 왜냐하면 『논고』의 철학 또한 비판철학으로 간주될 수 있기 때문이다. 중요한 것은 그의 후기 언어관을 이러한 관점에서 채택한 이들이 있다는 것이다. 사회 비판철학자 하버마스, 포스트모던류의 비판철학자 리오타르 같은 대륙의 철학자는 그의 언어 놀이를 비판철학의 차원에서 받아들인다.

하버마스의 경우 의사소통적 합리성을 통해 도구적 의미의 합리성을 비판한다. 그는 의사소통에서 일상언어 학파와 마찬가지로 화용론을 채택하는데, 그러한 구상에서 후기 비트겐슈타인의 생각을 수용한다. 그는 의사소통을 위한 이해가 의식적이라기보다는 언어적이라는 비트겐슈타인의 생각을 받아들인다. 예를 들면 그는 "비트겐슈타인은 상호이해의 개념이 언어의 개념 안에 있다는 것을 파악했다"고 진술한다. 그는 상호이해를 언어 놀이의 규칙처럼 규범적인 것으로 간주하고, 실제로 비트겐슈타인의 언어 놀이의 규칙들이 의사소통의 언어 사용 규칙으로 간주될 수 있다고 본다. 그의 "의사소통적 언어 사용의 화용론"은 바로 언어의 의미가 쓰임이고 그것이 언어 놀이의 규칙을 따르는 것이라는 비트겐슈타인의 생각을 발전시킨 것이다.

하버마스는 화용론에 바탕을 둔 의사소통 행위 이론을 통해 포스트모더니즘을 비판한 반면, 리오타르는 화용론에 기반해 포스트모더니즘을 받아들인다. 그는 비트겐슈타인의 언어 놀이에 대한 생각을 받아들여 어떤 통일된 언어가 있는 것이 아니라 언어의 섬들만이 있다고 말한다. 이러한 상황에서 리오타르는 같은 포스트모던류의 철학자로 분류될 수 있는 로티와 달리 철학의 목적이 비판철학에 있다고 주장한다. 즉 그는 보편적 언어이론을 거부하는 자신의 언어관에 대한 비판에 맞서 자신의 철학이 칸트나 비트겐슈타인 같은 비판철학에 있다고 주장한다.

　나를 비판하는 사람들이 생각하는 것보다 훨씬 더 이성적인 것 같은 원리를 제시함으로써 나는 그들을 비판할 수 있다. 즉 하나의 이성이 존재하는 것이 아니라 다수의 이성이 존재한다는 것이다. 이러한 점에서 나는 칸트의 모델에 의존하고 있으며 전적으로 그와 일치할 뿐 아니라 더 나아가 상당한 정도로 비트겐슈타인과도 일치한다.(「리오타르 입문」 「언어철학: 그 과제와 쟁점」에서 재인용)

그외 그의 후기 철학을 일종의 데리다류의 해체철학으로 보려는 시도가 있다. 가령 마골리스[J. Margolis]와 그린[M. Grene]은 언어 철학을 중심으로 비트겐슈타인과 데리다를 비교하며, 스테튼[H. Staten]은 해체에 초점을 맞춰 두 사람을 비교한다. 또 치료로서의 철학에 초점을 맞춰 그의 철학을 정신분석학이나 프로이트와 관련짓는 시도가 있으며, 그의 특이한 모순관을 모순논리와 관련짓는 시도 등도 있다.

이름과 명명된 것 사이의 관계는 무엇인가? (…) 예를 들어 언어 놀
이 8번에서 "이것"이라는 낱말이나 직시적 정의[ostensive definition] "저것은
(…) 이라고 한다"에서 "저것"이라는 낱말은 무엇의 이름인가? 만약
당신이 혼란을 야기하고 싶지 않다면, 당신은 이 낱말들을 어떤 것을
명명하는 이름으로 결코 부르지 않는 것이 가장 좋을 것이다. 그러나
이상하게 들릴지 모르겠지만 "이것"이라는 낱말이 유일한 **진짜** 이름으
로 불려왔다. 우리가 이름이라고 부르는 다른 것들은 모두 부정확하고
근사적인 의미에서만 이름이었다.

이러한 이상한 발상은 일반적으로 그렇게 말할 수 있는 것처럼 우리
언어의 논리를 숭고화하려고 하는 경향에서 발생한다. 이에 대한 올바
른 답변은 다음과 같다. 우리는 다양한 것들을 "이름"이라고 부른다.

"이름"이라는 낱말은 상이한 방식으로 서로 연관된 한 낱말의 많은 다른 종류의 사용을 특징짓는다. 그러나 그러한 사용방식들 가운데 "이것"이 지닌 사용방식은 없다.

■■■   여기서 비트겐슈타인이 문제 삼는 이름은 고유명사 좀더 정확히 말하면 러셀이 말하는 논리적 고유명사 "이것" "저것"이다. 일반적으로, 고유명사는 특정 대상을 직접 명명할 수 있다는 점에서 일반명사와 다르다. 가령 "이승엽"은 다른 사람이 아닌 일본에서 활약하고 있는 특정 한국인을 직접적으로 가리키지만 "사람"이란 말은 그렇지 않다. 왜냐하면 "사람"은 이승엽뿐만 아니라 다른 인물들 예를 들어 김병지, 하승진 등을 가리키는 데 사용될 수 있기 때문이다. 일반명사는 특정 대상을 가리킨다기보다는 불특정 다수를 통칭해서 나타내는 말이다.

러셀은 초기 일상언어에서 쓰이는 고유명사들이 그러한 역할을 충분히 수행할 수 있을 것으로 보았다. 그러나 조금만 생각해보면 일상언어의 고유명사 대부분은 그러한 역할을 하지 못한다는 것을 쉽게 알 수 있다. 왜냐하면 "이승엽"과 같은 고유명사가 일본에 있는 특정 야구선수만 가리킬 필요는 없기 때문이다. (지금 이 글을 읽는 독자들 중에도 "이승엽"이라는 이름을 갖고 있는 사람이 있을 수 있다.) 이러한 점에 비추어 러셀은 우리가 경험하는 단순한 대상들을 직접 지시하는 말 가령 "이것은 빨갛다" "저것은 딱딱하다" 같은 진술의 "이것" "저것"이 고유명사의 진정한 역할을 담당할 수 있다고 보고, 이러한 낱말을 논리적 고유명사로 간주했다. 앞서 논의했듯이 비트겐슈타인은 언어의 다양한 쓰임을 빌어 한 낱말이 고정된 의미를 지닌다는 생각을 비판한다. 위 진술은 이름과 그것이 명명하는 대상에 대한 생각 특히 고유명사에 대한 프레게, 러셀,『논고』시절의 자신이 지녔던 생각을 러셀 생각을 예로 비판한 내용이다.

여기서 우리는 이러한 모든 고려 뒤에 놓여 있는 커다란 문제에 직면한다. 왜냐하면 누군가 나에게 다음과 같이 반론을 제기할 수도 있기 때문이다. "당신의 고려는 안이하다 ! 당신은 모든 종류의 언어 놀이들에 대해 이야기하고 있지만, 어디에서도 언어 놀이의 본질에 대해 따라서 언어의 본질에 대해 말하고 있지 않다. 즉 무엇이 이 모든 활동에 공통적인지를 그리고 무엇이 그것들을 언어로 혹은 언어의 일부로 만드는지를. 그러므로 당신은 예전에 당신 스스로 가장 골머리를 앓게 했던 바로 그 부분의 탐구 즉 명제들과 언어의 일반 형식에 관한 부분의 탐구를 그만두고 있다."

이는 옳다. 우리가 언어라고 부르는 것 모두에 공통적인 어떤 것을 산출하는 대신, 나는 모든 것에 대해 같은 낱말을 사용하도록 하는 공통적인 하나의 것이 이러한 현상들에 있지 않다고 말하고 있다. 대신 그것들이 많은 상이한 방식으로 서로 서로 연관되어 있다고 말하고 있다. 이러한 연관성 혹은 연관성들 때문에 우리는 그것들 모두를 "언어"라고 부른다. 나는 이것을 설명해보려고 한다.

■■■　　여기서 비트겐슈타인의 생각을 문제 삼는 가상의 인물은 일종의 본질주의자다. 즉 언어에 공통된 성질이 있고 그것을 밝히는 것을 언어 분석의 과제로 삼는 철학자를 말한다. 가상의 철학자가 말하는 "골머리를 앓게 했던 그 부분의 탐구"는 비트겐슈타인 자신의 『논고』나 『논고』에서의 탐구를 가리킨다. 『논고』에서 비트겐슈타인은 명제나 문장들에 공통적인 논리적 형식이 있다고 믿고 진리표를 통해 그러한 형식을 드러내 보여줄 수 있을 것이라고 생각했다. 즉 언어에 공통된 논리적 형식들을 밝히는 것이 그의 주된 과제 가운데 하나였다. 논리적 원자론이나 그림 이론은 이러한 탐구의 일부분을 이루는 것이었다. 비트겐슈타인은 모든 언어에 공통된 성질이 있다고 가정하는 이러한 생각을 비판한다. "나는 이것을 설명해보려고 한다"고 한 다음에 비트겐슈타인이 설명한 내용은 다양한 유사성을 지닌 그러나 어떤 공통적인 성질을 말할 수 없는 언어 놀이의 예이다. 비트겐슈타인은 가족 유사성을 빌어 본질에 관한 자신의 생각을 스스로 비판한다.

　　사유, 언어는 이제 우리에게 세계의 유일한 상관자correlate인 그림으로 나타난다. 명제, 언어, 사유, 세계 이 개념들은 상호 동치인 채로 하나가 다른 것 뒤에 정렬해 있다. (그러나 이제 이러한 낱말들은 무엇을 위해 사용되는가? 그것들이 적용될 수 있는 언어 놀이가 빠져 있다.)
　　사유는 어떤 후광에 의해 둘러싸여 있다. 그것의 본질 즉 논리가 어떤 질서를, 실제로 세계의 선천적인 질서를 표현한다. 즉 세계와 사유 모두에 공통적이야 하는 가능성들의 질서를. 그러나 이러한 질서는 엄청나게 단순해야만 하는 것처럼 보인다. 그것은 모든 경험에 앞서 있고, 모든 경험을 관통해야 하며, 어떤 경험적인 혼탁함이나 불확실성도 그것에 영향을 미칠 수 없어야 한다. 그것은 오히려 순수 수정체로 되어 있어야 한다. 그러나 이러한 수정체는 어떤 추상으로 나타나는 것이 아니다. 그것은 구체적인 어떤 것으로, 실제로 가장 단단한 것인 양 가장 구체적인 것으로 드러난다. (『논고』, 5.5563)

우리는 우리 탐구에서 특수하고, 심오하고, 본질적인 것이 언어의 다른 것에 견줄 수 없는 본질을 파악하려고 하는 데 존재하고 있다는 착각에 빠져 있다. 즉 명제, 낱말, 증명, 진리, 경험 등의 개념들 사이에 존재하는 질서를. 이러한 질서는 소위 초*(개념들 사이의 초)질서이다. 하지만 "언어" "경험" "세계"라는 낱말들이 어떤 쓰임을 가지고 있다면, 그것은 "탁상" "램프" "문"이라는 낱말들처럼 일상의 사사로운 쓰임이어야 한다.

■■■ 둘째 문단의 내용은 『논고』의 5.5563에서 훨씬 더 축약된 형태로 진술되어 있다. 거기서 비트겐슈타인은 우리의 일상언어가 논리적으로 완벽하게 질서지어져 있고, 우리의 문제가 추상이 아닌 가장 구체적인 것이라고 진술한다. 이러한 진술은 언뜻 『논고』에서 이미 비트겐슈타인이 일상언어와 구체적인 것들에 철학적인 관심을 기울인 것처럼 보이도록 한다. 그러나 위 인용에서 알 수 있듯이 그러한 진술을 통해 비트겐슈타인이 강조하려

고 한 것은 그러한 언어에 내재되어 있는 본질 즉 논리적으로 완벽한 질서이지 자연언어 자체는 아니다. 『논고』에서 비트겐슈타인은 그러한 질서가 언어와 세계에 내재하며 분명하게 단순한 형태로 드러날 수 있다고 보았다. 비트겐슈타인은 이제 그것을 망상이나 착각에 해당하는 실제적이지 않은 질서(초-질서)로 본다. 이와 대비적으로 강조하는 것은 그러한 낱말들의 일상에서의 구체적인 쓰임이다. 즉 비트겐슈타인은 새로 일상언어에서 그러한 낱말들이 어떻게 사용되고 있는지를 주의깊게 관찰할 것을 강조한다.

우리는 배중률을 인용해서 다음과 같이 말하고 싶어한다. "그러한 그림이 그에게 떠오르거나 그렇지 않거나이다. 제3의 가능성이란 없다!" 우리는 이러한 이상한 논증을 철학의 다른 영역에서도 직면한다. "π의 10진법 소수 전개에서 "7777"의 연속된 숫자 열이 나타나든지 그렇지 않든지이다. 제3의 가능성은 없다." 즉 "신은 그것을 본다. 그렇지만 우리는 그것을 알지 못한다." 그러나 이것이 무엇을 의미하는가? 우리는 그림을 사용한다. 한 사람은 그 전체를 조망하지만 또 다른 이는 그렇지 못하는 시각적인 열別의 그림을. 배중률은 여기서 그것은 이렇게 보이거나 저렇게 보이거나이다 라고 말한다. 따라서 이것은 자명한데 배중률은 실제로 결코 어떤 것도 말하고 있지 않다. 대신 그것은 우리에게 그림을 제공한다. 그렇다면 문제는 이제 실제가 그림과 일치하는지 아닌지여야 한다. 그리고 무엇을 우리가 해야 하고, 무엇을 어떻게 우리가 찾아야 하는지를 이 그림이 결정하는 것처럼 보인다. 그러나 그것은 그렇게 하고 있지 않다. 왜냐하면 우리는 그것이 어떻게 적용되어야 하는지를 모르기 때문이다.

■■■ 배중률은 1930년대 수학 기초론 분야에서 많이 논의되었던 논제 가운데 하나다. 수학을 인간 정신의 구성물로 보는 브라우어는 그러한 논의에 주요한 기여를 한 사람으로, 그는 무한 수학에서 배중률 사용을 반대한다. 예를 들어 그는 "π의 10진법 소수 전개에서 0123456789의 연속된 열이 발생한다(A)"와 같은 경우를 들어 무한에서 배중률을 사용할 수 없다고 주장한다. 왜냐하면 위의 열이 발생하는지 아닌지를 우리는 말할 수 없기 때문이다. 즉 위의 진술과 그것의 부정 문장 "π의 10진법 소수 전개에서 0123456789의 연속된 열이 발생 하지 않는다($\neg$A)" 모두 각각의 문장이 옳은지 아닌지를 증명할 수 없기 때문에 두 문장을 또는 형태로 연결한 배중률 형태의 전체 문장 "π의 10진법 소수 전개에서 0123456789의 연속된 열이 발생하거나 그렇지 않다(A$\vee\neg$A)"가 반드시 옳다고 볼 수 없다는 것이다. 위에서 비트겐슈타인이 들고 있는 "π의 10진법 소수 전개에서 "7777"의 연속된 숫자 열"의 예는 브라우어의 예를 비트겐슈타인 식으로 표현한 것이다. 위에서 언급한 '신'은 무한의 그림을 조망할 수 있는 그래서 7777이 나타나는지 아닌지를 알 수 있는 자의 예이며, '우리'는 유한성으로 인해 그러한 그림을 조망할 수 없는 자의 예이다. 비트겐슈타인은 브라우어의 생각을 긍정적으로 수용해, 무한 수학에서 배중률이 모든 경우에 적용될 수

있다는 생각에 반대한다.

우리는 부정을 배제하는 거부하는 몸짓이라고 말할 수도 있다. 그러나 우리는 그러한 몸짓을 매우 다양한 경우들에 적용한다! (…) 우리는 우리의 부정에 상응하는 것이 특정한 종류의 문장에만, 예를 들어 어떤 부정도 포함하지 않는 그러한 문장들에만 적용되는 '좀더 원시적인' 논리를 가진 사람들을 쉽게 상상할 수 있다. 이 경우 "그가 집에 들어가고 있다"는 명제를 부정하는 것은 가능할 것이다. 그러나 부정명제의 부정은 의미 없거나 단지 부정의 반복으로 여겨질 것이다. 우리와 다른 부정 표현의 수단을 예를 들어 목소리 톤의 높낮이를 이용한 그러한 수단을 생각해보라. 여기서 이중부정은 무엇처럼 보이겠는가?

이 사람들에게 부정이 우리와 같은 의미를 갖는가 하는 질문은 수가 5에서 끝나는 사람들에게 숫자 "5"가 우리와 같은 의미를 지니는지를 묻는 것과 유사할 것이다.

부정에 대해 두 개의 상이한 낱말 "X" "Y"를 갖고 있는 언어를 상상해보라. 이중 "X"는 긍정을 낳지만, 이중 "Y"는 강한 부정을 낳는다. 그 나머지에 대해서 두 낱말은 똑같이 사용된다. 이제 그것들이 문장에서 반복되지 않고 나타난다면, "X"와 "Y"는 같은 의미를 갖는가? 이에 대하여 우리는 다양한 답변을 할 수 있다.

■■■ 언어는 사회나 민족에 따라 다를 수 있지만, 수학과 논리는 그럴 수 없다고 생각하는 다소 완고한 견해의 독자들에게 다소 파격적으로 보일 수 있는 생각을 비트겐슈타인은 피력한다. 즉 비트겐슈타인은 하나의 보편적인 논리나 수학을 가정할 필요가 없다고 보고 있으며, 삶의 양식이나 형태에 따라 다른 논리와 수학이 사용될 가능성을 배제하지 않는다. 이는 『논고』에서의 자신의 진리표가 언어와 세계의 보편적인 논리를 반영한다는 생각을 포기한 자연스러운 귀결이다. 위 인용은 논리학에서 사용되는 "부정"이 우리의 삶에서 일의적으로 해석될 필요가 없다는 점을 보여주는 비트겐슈타인의 논의다. 실제로 우리의 언어 사용에서 이중부정이 반드시 긍정을 나타내지는 않는다. 종종 우리는 머리를 두 번 저어서 강한 부정을 표현하고는 한다. 비트겐슈타인은 그러한 종류의 예를 들어 부정의 다양한 쓰임에 주목할 것을 강조한다. 부정에 관한 비트겐슈타인의 이러한 생각은 모순에 관한 그의 독특한 입장과도 밀접히 연관되어 있다.

우리는 동물이 화를 내고, 두려워하고, 슬퍼하고, 기뻐하고, 깜짝 놀라는 것을 상상할 수 있다. 그러나 희망하는 것을 상상할 수 있는가? 왜 동물이 그렇지 못하는가?

개는 자기 주인이 문가에 있다고 믿는다. 그러나 그 개가 모레 주인이 올 거라는 것 또한 믿을 수 있을까? 그렇다면 그 개가 여기서 할 수 없는 것은 무엇인가? 어떻게 나는 이것에 대답해야 하는가?

오직 말할 수 있는 자만이 희망할 수 있는가? 오직 언어 사용을 숙달한 자만이. 즉 희망 현상은 이 복잡한 삶의 형식의 변용變容이다. (만약 어떤 개념이 인간이 손으로 쓴 필적의 특징을 나타낸다면, 그것은 글씨를 쓰지 않는 존재에게는 적용되지 않는다.)

■■□□ 초기 비트겐슈타인 연구가들 사이에서 인간의 삶의 형식(들)은 두 가지 측면으로 해석되었다. 하나는 생물학적 측면으로 이는 비트겐슈타인이 다른 동물과 구별되는 인간의 독특한 삶의 형식을 말하는 경우들에 적용된다. 위 인용은 "사자가 말을 할 수 있다면, 우리는 사자의 말을 이해할 수 없다"는 진술과 더불어 이러한 측면을 보여주는 예로 많이 인용되는 구절이다. 다른 하나는 문화적 측면으로 이는 하나의 언어를 하나의 삶의 형식으로 간주하는 경우들에 적용된다. 즉 인간 사회에는 다양한 언어가 있고 그것은 인간의 다양한 삶의 형식들에 해당한다. 앞에서 인용한『탐구』19번의 "한 언어를 상상하는 것은 한 삶의 형식을 상상하는 것"이란 진술과, "삶의 형식"이라는 단칭 표현 대신 "삶의 형식들"이라는 복수 형태로 삶을 형식을 표현한 진술들은 이러한 측면을 보여주는 예로 종종 인용된다. 최근에는 이러한 구분에 대한 논의는 많이 축소된 상태다. 왜냐하면 그러한 논의가 삶의 형식을 빌어 인간 활동에서의 일치 즉 정당화할 수 없는 확실성의 영역에서의 일치를 설명하고자 한 비트겐슈타인의 취지에 잘 부합하지 않기 때문이다. 대신 삶의 형식은 그의 말년의 주된 관심사였던 확실성의 문제와 연관되어 많이 논의되고 있다.

"내가 이러한 체험을 한 이후에 예를 들어 공식을 본 후에 내가 그것을 계속할 수 있을 것이라는 확실성은 단지 귀납에 기초한다." 이것은 무엇을 의미하는가? "불이 나에게 화살을 입힐 것이라는 확실성은 귀납에 기초한다." 이것은 내가 "불이 항상 나에게 화상을 입혔다. 그러므로 그것이 또 일어날 것이다"라고 스스로에게 추론하는 것을 의미하는가? 또는 이전의 경험은 나의 확실성의 근거가 아니라 원인인가? 이전 경험이 확실성의 원인인지 아닌지는 거기서 우리가 확실성의 현상을 고찰하는 가설들, 자연법칙들의 체계에 의존한다.

우리의 신념이 정당화되는가? 사람들이 정당화로 받아들이는 것은 그들이 생각하고 살아가는 방식에서 드러난다.

■■■ 확실성은 비트겐슈타인이 말년에 가장 관심을 기울였던 주제 가운데 하나다. 실제로 그의 생애의 마지막 글들은 『확실성에 관하여』라는 제목으로, 그가 죽은 후 유고집으로 출판되었다. 『확실성에 관하여』에서 비트겐슈타인은 거의 의심의 여지가 없어 보이는 무어식의 힌지명제들의 정당성에 대해 논한다. 이에 대한 비트겐슈타인의 입장은 힌지명제들 혹은 그러한 명제들에 대한 신념은 우리의 의심과 정당화가 시작되는 출발점에 해당하며, 그러한 명제들은 우리의 언어 사용에서 당연한 것으로 받아들여지고 있다는 것이다. 즉 일종의 근본 신념과 관련된 행위들은 의심을 넘어선 받아들여야 할 것들이다. 위 인용에서 든 예 "불에 데면 화상을 입는다" 또한 힌지명제에 해당한다. 인용에서 따옴표 된 부분들은 "불에 데면 화상을 입

는다"를 귀납에 바탕을 둔 일종의 자연과학의 명제로 보는 입장이며, 비트겐슈타인은 정당성의 영역과 확실성의 영역을 구분함으로써 그러한 입장을 비판한다.

내가 중요성을 의미하는 한 개념의 의미를 설명하기 위해 언급해야만 하는 것은 종종 너무나 일반적인 자연의 사실들이다. 그것들의 엄청난 일반성으로 거의 언급된 적이 없는 그러한 사실들.

■■■ 『논고』에서 비트겐슈타인은 명제들과 언어에 공통된 일반 형식으로서 논리적 형식을 말했다. 『탐구』에서 비트겐슈타인은 논리적 형식의 일반성 대신 자연이나 자연사의 사실들의 일반성을 말한다. 위 인용에 언급된 자연의 사실들의 일반성은 후자의 일반성으로 『논고』에서 말하는 일반성과는 거리가 멀다. 즉 『논고』에서는 우리가 경험할 수 있는 사실들과 언어를 아우르는 비경험적인 본질에 해당하는 논리의 보편성을 주장하기 위해 일반성을 말한 반면, 『탐구』에서는 우리 주변에서 쉽게 관찰될 수 있는 너무 흔한 사실들을 나타내기 위해 일반성을 말한다. 그것은 앞서 논의한 먹기, 마시기, 걷기, 묻고 대답하기, 잡담하기처럼 자연사의 일부를 이루는 것들이다. 비트겐슈타인은 우리 주변에서 쉽게 관찰할 수 있는 사실들이 확실성의 지평을 이룬다고 보고, 그러한 사실들의 중요성을 환기시키기 위해 자연이나 자연사의 사실들이라는 말을 사용한다.

3. 통합형 논술문제

제시문 나)에 비추어 가)의 비트겐슈타인의 생각이 상식적 견해와 대립한다면 어떤 점에서 대립하는지, 두 의견 가운데 어느 것이 더 타당한 것인지 자신의 생각을 논술하시오.

가) 그러나 예를 들어 서양 장기판은 명백히 그리고 절대적으로 복합적이지 않은가? 아마도 당신은 32개의 흰 사각형과 32개의 검은 사각형으로 이루어진 복합체를 생각할 것이다. 하지만 우리는 가령 그것이 흰색과 검은색 그리고 4각 도식으로 이루어졌다고도 말할 수 있지 않을까? 그리고 그것을 바라보는 매우 다른 방식이 존재한다면, 당신은 여전히 서양 장기판이 절대적으로 복합적이라고 말하겠는가? (…) 엄청나게 많은 다른 그리고 상이하게 관련된 방식으로 우리는 "복합적"이라는 말(따라서 "단순한"이라는 말)을 사용한다. (서양 장기판 위의 한 사각

형 색깔은 단순한가, 아니면 그것은 순수한 흰색과 노란색으로 이루어져 있는가? 2센티미터의 길이는 단순한가, 아니면 그것은 각각 1센티미터 길이의 두 부분으로 이루어져 있는가? 그러나 3센티미터의 길이와 반대 방향에서 측정된 1센티미터의 길이로 이루어졌다고 해서는 왜 안 되겠는가?)

"이 나무의 시각 이미지가 복합적인가, 그렇다면 그것의 구성 성분은 무엇인가?"라는 철학적 질문에 대한 올바른 대답은 "그것이 '복합적'이라는 것에 의해 당신이 이해하고 있는 것에 달려 있다"이다.(『탐구』, 47번)

나) (1) 세계는 사실들의 총체다. 비록 세계가 무한히 복잡할지라도, 모든 각각의 사실들은 무한히 많은 원자 사실들로 이루어지고, 모든 각각의 원자 사실들은 무한히 많은 대상들의 결합으로 이루어진다. 그렇다면 대상들과 원자 사실들은 반드시 존재해야만 한다.

(2) 만약 내가 잘못 생각한 것이 아니라면 나는 다른 사람들에게서 다음과 같은 것을 들었다. 그것들로부터 나와 다른 모든 것들이 구성되는 소위 말하는 원소들primary elements에 대해서는 어떠한 설명도 있을 수 없다. 왜냐하면 그 자체로 존재하는 각각의 것들 모두 이름에 의해 명명될 수만 있기 때문이다. 다른 어떤 규정도 가능하지 않다. 그것이 …이다라는 것도 …가 아니다

라는 것도 가능하지 않다. (…) 그러나 그 자체로 존재하는 것은 어떤 다른 규정 없이 명명될 수 있어야 한다. 따라서 임의의 원소에 어떤 설명을 제공하는 것은 가능하지 않다. 왜냐하면 이것에 대해서는 단순히 명명하는 것만이 가능하기 때문이다. 그 이름 그것이 원소가 갖고 있는 전부이다. 그러나 이러한 원소들로 이루어진 것 자체가 복합체인 것처럼, 이러한 합성 속에서 이름들은 설명하는 말이 된다. 왜냐하면 말의 본질은 이름들의 합성이기 때문이다.

✔ 체크포인트

다음의 두 가지에 주의할 필요가 있다. 첫째는 제시문의 범위를 넘어서지 않는 수준에서 상식적 견해를 설명하는 것이다. 제시문 나)에서 찾은 상식적 견해가 가)의 비트겐슈타인 생각과 대립하지 않을 경우 상식적 견해에 대한 설명이 잘못되었을 가능성이 높다. 둘째는 두 입장 가운데 한 입장을 지지하는 것이다. 이 경우 자신이 지지하는 입장을 직접적으로 정당화할 근거를 제시하는 것이 필요하다.

제시문 가)와 나)를 바탕으로 정당화의 영역과 확실성의 영역의 차이점을 설명하고 두 영역의 구분이 정당한 것인지 자신의 생각을 논술하시오.

가) 어떻게 내가 규칙을 따를 수 있는가?— 만약 이것이 원인에 대한 질문이 아니라면, 내가 행동하는 방식에 있어서 내가 규칙을 따르고 있다는 것의 정당화에 대한 질문이다.

만약 내가 정당화를 다 소진한다면 나는 암반에 이르게 되고 내 삽은 방향을 바꾸게 된다. 그때 나는 다음과 같이 말하는 경향이 있다. "이것은 단지 내가 하고 있는 것이다."

나) 그러나 그것은 단지 내가 두 손을 가지고 있다는 것을 내가 이러한 방식으로 믿는다는 것이 아니라 합리적인 사람은 누구나 그렇게 한다는 것이다.

잘 근거지어진 믿음의 근거에는 근거지어지지 않는 믿음이 놓여 있다.

'합리적인' 사람은 누구나 이러한 방식으로 행위한다.

> 다음 제시문이 비판하는 이해에 대한 생각이 무엇이며 마지막 구절을 바탕으로 주장할 수 있는 이해에 관한 생각은 무엇인지를 설명하시오. 그리고 이러한 이해에 관한 생각이 정당한지를 적절한 근거를 들어 논술하시오.

언어의 이해는 놀이에 대한 이해처럼 특정한 문장이 그것에 대비적으로 의미를 획득하는 배경과 같아 보인다. — 그러나 이러한 이해 즉 언어에 대한 지식은 언어의 문장들을 동반하는 의식 상태가 아니다. 비록 그 결과들 중의 하나가 그러한 상태일지라도 이해는 의식 상태가 아니다. 이는 곱하기를 할 수 있는 능력처럼 계산을 이해하거나 숙달하는 것과 매우 유사하다.

제시문 가)와 나)는 문법이나 문법의 규칙들이 '임의적'이라는 주장과 관련될 수 있다. 다)에 비추어 '문법의 규칙은 규약에 해당하며, 규약은 임의적이다'는 주장을 하려고 한다. 가)와 나)의 인용이 주장을 뒷받침할 수 있도록 논의를 구성하시오(단, 주장에 사용된 '규약'과 '임의성'을 각자 규정해 의미를 분명히 하시오).

가) 따라서 기호에 관한 규칙은 실재에 대한 어떠한 그림을 그리지 않는다. 그것은 참도 거짓도 아니다.

나) 이 경험명제는 참이고 저 경험명제는 거짓이라는 것은 문법에 속하지 않는다. 명제를 실재와 비교할 수 있는 모든 조건들 즉 의미이해의 모든 조건들이 그것에 속한다.

다) 의미에 대한 설명은 경험진술이나 인과적 설명이 아니라, 규칙 즉 규약(일치)이다.

다음 제시문을 근거로 해서 뒷받침할 수 있는 주장을 제시하고 아래 진술이 어떻게 주장을 뒷받침할 수 있는지를 설명하시오. 그리고 다른 사례를 근거로 들어 주장을 강화하거나 반례를 들어 주장을 약화하시오.

만약 내가 어떤 사람에게 "여기 대충 서 계세요"라고 말한다면, 이 설명은 온전히 제 역할을 할 수 없는가? 그리고 각각의 다른 설명 역시 실패할 수 있지 않은가?

그러나 그것이 부정확한 설명이라는 것은 분명하지 않은가? 그렇다. 왜 그것을 우리가 "부정확하다"고 부르지 말아야 하겠는가. 하지만 "부정확하다"로 의미하는 것이 무엇인지는 우리가 이해하도록 하자. 왜냐하면 그것은 "사용할 수 없다"는 것을 의미하지 않기 때문이다.

----

4. 예시답안

■■■ 1. 우리는 1차원 선은 0차원의 점들로 이루어지고, 2차원 평면은 1차원의 선들로 이루어지는 것으로 알고 있다. 그리고 전자로부터 원자가, 원자로부터 분자가 구성되는 것으로 알고 있다. 이러한 생각은 복잡한 대상들은 좀더 단순한 대상들로 분석될 수 있고, 좀더 단순한 대상들은 궁극적으로 어떤 복합적인 것도 없는 순수하게 단순한 대상들로 분석될 수 있다는 생각에 바탕을 두고 있다고 할 수 있다.

제시문 나)는 이러한 우리의 상식적 견해를 잘 보여준다. 왜냐하면 나)의 (1)에 따르면 세계는 사실들로, 사실들은 원자 사실들로, 그리고 원자 사실들은 대상들로 이루어고, (2)에 따르면 그러한 대상은 어떤 복합적인 것도 없는 순수 단순체이기 때문이다.

이러한 견해가 성립하기 위해서는 단순성과 복합성이 절대적인 의미에서 규정될 수 있다는 전제를 받아들여야 한다. 그렇지 않다면 우리는 엄밀하게 두 종류의 대상을 구분해서 순수하게 단순한 대상들이 있고 그것에 해당하지 않는 대상들은 단순한 대상들로부터 합성된 복합적인 대상이라고 말할 수 없을 것이기 때문이다.

제시문 가)를 보면, 비트겐슈타인이 이러한 전제를 반대하고 있다는 것을 알 수 있다. 가)에 따르면 복합성과 단순성은 일의적으로 규정될 수 있는 것이 아니라 그것을 말하는 다양한 방식이 있다. 그리고 이러한 생각을 받아들일 경우, 대상의 복합성과 단순성은 그 자체로 규정될 수 있는 것이 아니라 그것을 이해하는 다양한 방식에 의존할 수밖에 없다.

우리의 과학사와 실제 언어 사용에 비추어보면 제시문 가)의 입장이 더 잘 지지될 수 있다. 우선 가장 단순한 물질이라고 생각했던 원자는 전자로 분석될 수 있었고, 전자는 다시 양성자, 중성자로 그것은 다시 쿼크 등으로 분석될 수 있다는 우리가 알고 있는 과학적 사실에 비추어볼 때, 제시문 나)의 입장은 지지되기 힘들다. 왜냐하면 이러한 역사는 절대적으로 단순한 물질로 간주했던 것이 그렇지 않다는 것을 밝힌 반증의 역사이기 때문이다.

고대 사람에게는 원자가 가장 단순한 대상이겠지만 현대 사람에게는 그렇지 않다. 쿼크는 현 과학 단계에서 가장 단순한 것이겠지만, 미래 사람에게는 그렇지 않을 수 있다. 결국 어떤 대상이 단순한가 하는 것은 절대적이라기보다는 그 시대와 과학에 의존할 수밖에 없고 이러한 생각은 제시문 나)보다는 가)의 입장에 부합한다.

　복합성과 단순성에 대한 규정이 상대적이라는 것은 "검정"이라는 말의 사용을 통해서도 정당화될 수 있다. 색을 구성하는 요소로 검정의 예를 들 때, 검정은 색깔을 구성하는 단순자다. 그러나 원색^{原色}을 설명하는 과정에서, 검정은 삼원색으로 이루어진 복합체에 해당한다. 즉 검정이 단순자인지 복합체인지는 그것을 논하는 상황이나 방식에 의존한다.

　일상언어에서 한 단어의 사용은 다양한 쓰임을 갖는다. 단어가 지시하는 대상 또한 그러한 쓰임에 의해 규정되기 때문에, 대상을 규정하는 단순성과 복합성은 쓰임의 문맥에 따라 달라질 수밖에 없다고 할 것이다.

　■■■　예시답안이 문제에 다양하게 접근해 논하는 것을 막을 수 있다는 필자의 판단으로 논제1 이후의 문제들에 대해서는 예시답안과 체크 포인트를 달지 않았습니다. 독자 여러분의 양해 바랍니다.

참고문헌

1. 비트겐슈타인 저술

Wittgenstein, L. *Tractatus Logico-Philosophicus*. trans. by Ogdan. C. K. Routledge Kegan Paul Ltd. 1981. (『논리철학논고』); 이영철 옮김, 천지

Wittgenstein, L. "Some Remarks on Logical form". *Essays on Wittgenstein's Tractatus*. ed. by Copi. I. M. & Beard. R. W. New York : Harper Press. 1973. (「논리적 형식에 관한 소견」)

Wittgenstein, L. *Philosophische Bemerkungen*. Schriften 2. Frankfurt am Main : Suchkamp Verlag. 1980. (『철학적 소견』)

Wittgenstein, L. *Wittgenstein und der Wiener Kreis von Friedrich Waismann*. Schriften 3. (『비트겐슈타인과 비엔나 학단』)

Wittgenstein, L. *Bemerkungen Über die Grundlagen der Mathematik.* Schriften 6. (『수학 기초에 관한 소견』); 박정일 옮김, 서광사.

Wittgenstein, L. Bemerkungen *Über die Philosophie der Pshcologie.* Schriften 8. (『심리철학에 관한 소견』)

Wittgenstein, L. *The Blue and Brown Books.* New York: Harper & Raw Publishers. 1965. (『청 · 갈색책』)

Wittgenstein, L. *Philosophische Grammatik.* Herausgegeben von Rhees. R. Oxford: Basil Blackwell. 1969. (『철학적 문법』)

Wittgenstein, L. *Philosophical Investigations.* trans. by Anscombe. G. E. M. Oxford: Basil Blackwell. 1978. (『철학적 탐구』); 이영철 옮김, 서광사.

Wittgenstein, L. *Zettel.* ed. by Anscombe. G. E. M. Berkley & Los Angeles: Univ. of California Press. 1967. (『메모들』)

Wittgenstein, L. *Culture and Value.* ed. by von Wright. G. H. trans. by Winch. P. Oxford: Basil Blackwell. 1980. (『문화와 가치』); 이영철 옮김, 천지.

Wittgenstein, L. *On Certainty.* ed. by Anscomb. G. E. M. & von Wright. G. H trans. by Paul. D. & Anscomb. G. E. M. New York: Harper & Raw Publishers Inc.. 1972. (『확실성에 관하여』); 이영철 옮김, 서광사.

Wittgenstein, L. *Wittgenstein's Lectures, Cambridge, 1930-32.* ed. by D. Lee Oxford: Basil Blackwell. (『수학 기초에 관한 비트겐슈타인 케임브리지 강연』)

2. 2차 문헌

박병철.『비트겐슈타인』. 서울: 이룸. 2003.

박영식.『비트겐슈타인 연구』. 서울: 현암사. 1998.

양은석.「후기 비트겐슈타인 자연주의 언어철학」. 철학 60집. 1999.

양은석.「자연주의 두 얼굴」, 철학 73집. 2002.

엄정식.「언어철학: 그 과제와 쟁점」. 박영식 외 지음.『언어철학연구I』. 서울: 현암사. 1995.

이건표.『비트겐슈타인의 철학과 마음』. 서울: 자유사상사. 1992.

이승종.『비트겐슈타인이 살아있다면』. 서울: 문학과 지성사. 2002.

최세만.「비트겐슈타인의 과학 비판」,『언어철학연구 I』.

Baker, G. P. & P. M. S. Hacker. *Wittgenstein: Understanding and Meaning*. Oxford: Basil Blackwell. 1980.

Baker, G. P. & P. M. S. Hacker. *Wittgenstein: Rules, Grammar, and Necessity*. Oxford: Basil Blackwell. 1985.

Baker, G. P. & P. M. S. Hacker. *Wittgenstein: Meaning and Mind*. Oxford: Basil Blackwell. 1990.

Baker, G. P. & P. M. S. Hacker. *Wittgenstein: Mind and Will*. Oxford: Basil Blackwell. 1996.

Dummett, M. "Can analytic philosophy be systematic, and ought it to be?", *Truth and Other Enigmas*. Cambridge: Harvard Univ. Press. 1980.

Gaver, N. *This Complicated Form of Life*. Chicago: Open Court. 1994.

Grene, M. *Philosophy In and Out of Europe*. Berkeley: Univ. of California Press. 1976.

Hallett, G. *A Companion to Wittgenstein's "Philosophical Investigations"*. London: Cornell Univ. Press. 1977.

Kenny, A. *Wittgenstein*. London: Penguin Books. 1973; 『비트겐슈타인』, 김보현 옮김, 철학과 현실사.

Margolis, J. "Vs. (Wittgenstein, Derrida)", *Wittgenstein and Contemporary Philosophy*. ed. by S. Teghrarian, England: Thoemmes Press. 1984.

Pears, D. *Ludwig Wittgenstein*. Cambridge: Harvard Univ. Press. 1986; 『비트겐슈타인』, 정영목 옮김, 시공사.

Staten, H. *Wittgenstein and Derrida*. London: Univ. of Nebraska Press. 1986.

논술 내비게이션 04

쉽게 풀어쓴 철학적 탐구

초판 1쇄 인쇄 ㅣ 2006년 8월 1일
초판 1쇄 발행 ㅣ 2006년 8월 10일

펴낸이 ㅣ 윤영조
펴낸곳 ㅣ (주)위너스초이스
지은이 ㅣ 양은석

출판등록일 ㅣ 2006년 2월 2일
출판등록번호 ㅣ 제313-2006-00030호
주소 ㅣ 서울시 마포구 동교동 165-8 LG팰리스 824호
전화 ㅣ 02-3142-5034   팩스 ㅣ 02-3142-5037

ⓒ 양은석 *2006*

ISBN 89-92295-00-6 44800
        89-958357-0-2(세트)